AF185908

Tucholsky   Wagner   Zola   Scott   Schlegel
         Turgenev   Wallace   Fonatne Sydow   Freud
      Twain   Walther von der Vogelweide   Fouqué   Friedrich II. von Preußen
                Weber   Freiligrath   Frey
  Fechner   Fichte Weiße Rose   von Fallersleben   Kant   Ernst   Frommel
                                                      Richthofen
         Engels   Fielding   Hölderlin
      Fehrs   Faber   Flaubert   Eichendorff   Tacitus   Dumas
                                         Eliasberg   Ebner Eschenbach
  Feuerbach   Maximilian I. von Habsburg   Fock   Eliot   Zweig
                       Ewald   Vergil
      Goethe   Elisabeth von Österreich   London
  Mendelssohn   Balzac   Shakespeare   Ganghofer
         Trackl   Lichtenberg   Rathenau   Dostojewski
                 Stevenson   Doyle   Gjellerup
  Mommsen   Thoma   Tolstoi   Lenz   Hambruch
         Thoma   Hanrieder   Droste-Hülshoff
  Dach   Verne   von Arnim   Hägele   Humboldt
         Reuter   Hauff
  Karrillon   Garschin   Rousseau   Hagen   Hauptmann   Gautier
      Damaschke   Defoe   Hebbel   Baudelaire
                    Descartes   Hegel   Kussmaul   Herder
  Wolfram von Eschenbach   Schopenhauer
              Darwin   Dickens   Rilke   George
  Bronner   Melville   Grimm Jerome   Bebel
      Campe   Horváth   Aristoteles   Proust
  Bismarck   Vigny   Barlach   Voltaire   Federer   Herodot
                 Gengenbach   Heine
  Storm   Casanova   Tersteegen   Grillparzer   Georgy
         Chamberlain   Lessing   Langbein   Gilm
  Brentano   Gryphius
  Strachwitz   Claudius   Schiller   Lafontaine
                                  Bellamy   Schilling   Kralik   Iffland Sokrates
      Katharina II. von Rußland   Gerstäcker   Raabe   Gibbon   Tschechow
  Löns   Hesse   Hoffmann   Gogol   Wilde   Gleim   Vulpius
      Luther Heym   Hofmannsthal   Klee Hölty   Morgenstern
         Roth   Heyse Klopstock   Kleist   Goedicke
  Luxemburg   La Roche   Puschkin   Homer   Mörike   Musil
  Machiavelli   Horaz
  Navarra Aurel   Musset   Kierkegaard   Kraft   Kraus
  Nestroy Marie de France   Lamprecht Kind   Kirchhoff   Hugo   Moltke
      Nietzsche   Nansen   Laotse   Ipsen   Liebknecht
              Marx   Lassalle Gorki   Ringelnatz
  von Ossietzky   Klett   Leibniz
              May   vom Stein   Lawrence   Irving
  Petalozzi   Knigge
      Platon   Pückler   Michelangelo   Kafka
  Sachs   Poe   Liebermann   Kock
      de Sade Praetorius   Mistral   Zetkin   Korolenko

Der Verlag tradition aus Hamburg veröffentlicht in der Reihe **TREDITION CLASSICS** Werke aus mehr als zwei Jahrtausenden. Diese waren zu einem Großteil vergriffen oder nur noch antiquarisch erhältlich.

Symbolfigur für **TREDITION CLASSICS** ist Johannes Gutenberg (1400 — 1468), der Erfinder des Buchdrucks mit Metalllettern und der Druckerpresse.

Mit der Buchreihe **TREDITION CLASSICS** verfolgt tradition das Ziel, tausende Klassiker der Weltliteratur verschiedener Sprachen wieder als gedruckte Bücher aufzulegen – und das weltweit!

Die Buchreihe dient zur Bewahrung der Literatur und Förderung der Kultur. Sie trägt so dazu bei, dass viele tausend Werke nicht in Vergessenheit geraten.

Ein Schiff von Anno 49

Bret Harte

Impressum

Autor: Bret Harte
Übersetzung: Auguste Scheibe
Umschlagkonzept: toepferschumann, Berlin

Verlag: tradition GmbH, Hamburg
ISBN: 978-3-8424-1403-7
Printed in Germany

Text der Originalausgabe

Francis Bret Harte

Ein Schiff von Anno 49

Autorisierte Übersetzung aus dem Englischen von
Auguste Scheibe

Verlag von J. Engelhorn

1886

Erstes Kapitel.

Es hatte in den ersten Januarwochen des Jahres 1854 in San Francisco so anhaltend geregnet, daß eine gewisse sumpfige Stelle auf der »Lange-Werft Straße« ungangbar geworden war, und man dieselbe durch ein darüber gelegtes Brett hatte überbrücken müssen.

So gefährlich war der Platz, daß ein Reisender, der sich einst unvorsichtig darauf gewagt, seinen Handkoffer – wie man uns aus zuverlässiger Quelle berichtet – ohne Rettung in den bodenlosen Pfuhl hatte versinken sehen, und gern bereit gewesen war, sein Eigentumsrecht an dies wertvolle Gepäckstück für eine Entschädigungssumme von zwei Dollars und fünfzig Cents an einen unternehmenden Ausländer auf der Werft abzutreten. Als dann späterhin die Nachsuchungen, welche dieser Ausländer anstellte, nur zur Auffindung der Leiche eines dort verunglückten Chinesen führten, der ihm, wahrscheinlich in verbrecherischer Absicht, hatte zuvorkommen wollen, so war der Ort, neben seinem sonstigen zweifelhaften Rufe, auch noch in den Geruch bedenklicher geschäftlicher Unsicherheit geraten.

Obenbesagtes Brett nun führte zu dem Eingänge eines Gebäudes, welches sich selbst in der kunterbunten Frontarchitektur dieser Straße wunderlich genug ausnahm. Die Häuser zu beiden Seiten – unregelmäßige Konstruktionen von Holz oder geripptem Gußeisen – trugen samt und sonders die Spuren ihrer schnellen Entstehung. Sie waren eilig und schmucklos zusammengefügt, um die Passagiere und Güter aufzunehmen, die an den sumpfigen Gestaden der noch in den Windeln liegenden Stadt ausgeschifft wurden – wogegen das in Rede stehende Gebäude eine gewisse künstliche Form und allerlei sonstige Zeichen trug, welche dieser Voraussetzung widersprachen. Es kehrte der Straße eine seltsam ausgebauchte Front mit einer Reihe kleiner, in gebogener Linie angebrachter Fenster zu, und über diesen schlängelten sich hübsche Schnitzereien – zum Teil Weinranken und Blätterwerk darstellend – empor, während unterhalb derselben, in verblaßter Goldschrift die Worte: »*Pontiac-Marseilles*« zu lesen waren.

Der Eindruck, welchen dies Bauwerk beim ersten Anblick an diesem Orte hervorbrachte, war ein verblüffender, und man erzählt, daß einst ein trunksüchtiger Goldgräber, der sowohl durch den Schmutz vor der Thür, wie durch seinen Zustand, hier zum Stillstehen gebracht wurde, in starrem Staunen an dieser merkwürdigen Façade emporblickte und, zu dem Samariter, der ihn unterstützte, gewendet, voll tiefen Kleinmutes und mit seiner dicksten Stimme in die Worte ausbrach: »Ich habe 'n freies Leben geführt, Kamerad, und hätte, da ich in den letzten sechs Wochen nicht nüchtern geworden bin, vielleicht erwarten können, daß es noch so weit mit mir kommen würde. Schlangen habe ich schon oft vor den Augen gehabt, und auch die Ratten sind mir nicht unbekannt geblieben, aber wenn's nun dahin gekommen ist, daß ich Schiffe in 'ner Straße sehe, so kalkuliere ich, ist es die höchste Zeit, der Sache Einhalt zu thun.«

»'s ist ja auch 'n Schiff, du alter ausgepichter Saufaus!« hatte darauf der Samariter kurz geantwortet.

Es war in der That ein Schiff – ein Schiff, welches vor Jahren hier gelandet, und von seiner Mannschaft, die sich zerstreute, um Gold zu suchen, verlassen worden war. Die mit wahnsinniger Schnelligkeit wachsende Stadt hatte das Watt, in welches das Fahrzeug rettungslos eingebettet lag, immer mehr zurückgedrängt; Werfte, Quais und Wasserbrecher hatten dem »Pontiac« den Rückzug abgeschnitten; die anfänglichen leichten Warenschuppen, welche ringsum entstanden, hatten sich schnell in mächtige Speicher und solide Gebäude verwandelt, die ihn fest einschlössen, und nachdem er auf diese Weise von drei Seiten umbaut war, schaute er mit seinen Kajütenfenstern rat- und hoffnungslos hinab auf die vor ihm liegende geschäftige Straße. Aber die Gestalt eines Schiffes trotzt jedweder Umbildung. Jede sichtbar gebliebene Umrißlinie verriet die Bestimmung des Pontiac für ein anderes Element. In der Balustrade seines Daches ließ sich die Galerie eines Schiffsspiegels nicht verkennen, der Regen floß so langsam wie das ehemalige salzige Spritzwasser an den ausgebauchten Seiten seines Rumpfes herab, dem heimtückischen Grunde ringsum war ebensowenig zu trauen, wie dem heimischen Elemente des Bauwerkes, selbst der Wind blies in einer gewissen nautischen Weise um seinen Schornstein, und wenn das Fahrzeug einmal während eines Südweststurmes bei nächtlicher Weile die Anker gelichtet hätte und, einen schimmernden Streifen hinter sich lassend, durch die untere Stadt nach der fernen See hinausgesteuert wäre, so würde sich im Grunde niemand darüber gewundert haben.

Um wenigsten hätte dies vielleicht sein gegenwärtiger Eigentümer und Inwohner, Mr. Abner Nott, gethan; denn durch eine Ironie des Schicksals war der Pontiac in Besitz eines Farmers aus dem fernen Westen gekommen, der nie vorher weder ein Schiff, noch ein größeres Wasser als einen Nebenfluß des Missouri gesehen hatte. Halb durch die Seltsamkeit des Unternehmens, halb durch Spekulationslust verlockt, hatte er das Fahrzeug, als es gänzlich leer und verlassen stand, gekauft und hatte seitdem seine Farm in Petaluma mit Hypotheken überhäuft und das lebende Inventar derselben verpfändet, um den Boden rings um das Schiff aufschütten und den nötigen inneren Umbau vornehmen zu lassen. Er überführte seinen Hausrat, sowie seine einzige Tochter nach der Kajüte des Pontiac und teilte den Raum »zwischen den Decks« in Logierzimmer und in Speicher für Güter und Waren ein.

Das Unternehmen war kaum ein einträgliches zu nennen, denn die Abmieter hatten bald instinktiv herausgefunden, daß dasselbe – aus einem gewissen Hange zur Sentimentalität hervorgegangen – von Nott mehr als Herzenssache, denn als Geschäft betrieben wurde, und trugen in generöser Weise das Ihrige zur Aufrechterhaltung der Illusion bei, indem sie häufig davongingen, ohne zu bezahlen. Andere behandelten ihren Aufenthalt in dem eigentümlichen Hause von vornherein als einen Jux – als eine angenehme Erholung, und betrachteten sich, bei der kindlichen Familiarität des Grenzverkehrs, einfach als Gäste des Wirtes, während noch andere ihm – mit der Empfindung, ihm eine Gunst zu erweisen – ihre unverkäuflichen Waren als Bezahlung überließen.

Zuweilen erwachte übrigens in Abner Nott der alte praktische Sinn und dann geriet er wohl in Wut gegen die, welche ihn mißbrauchten, und er drohte, sie herauszuwerfen, oder sogar den Pontiac einzureißen – aber er ließ sich immer leicht besänftigen, wenn man von dem »lieben alten Schiffe« sprach, oder wenn der Schuldige wohl gar den Versuch machte, etwas zur Ausschmückung desselben oder zu seinem Ruhme zu thun. So blieb z. B. ein Photograph, welcher das Vorderkastell in sinnreicher Weise zu einem Glassalon für sein Geschäft umgewandelt (das Lokal war von einer

Nebenstraße über die Backen des Schiffes zugänglich), ruhig wohnen, obwohl er dem Wirte nie eine andere Entschädigung geboten hatte, als ein Bild des hübschen Gesichtes seiner Tochter Rosi Nott.

Die abergläubische Verehrung, welche Abner Nott dem Gegenstand seiner Phantasterei widmete, wurde noch gesteigert durch die fabelhaften Vorstellungen einer Landratte von der wirklichen Leistung eines Schiffes und von der Beschaffenheit seines ursprünglichen Elements, »'s ist gefahren, gefahren, gefahren – immer in gerader Linie, wie 'ne Biene fliegt, so daß man noch tagelang seine Spur gesehen hat,« pflegte Nott zu sagen, ohne sich die etwaige Unverträglichkeit der gebrauchten Bilder groß zu Herzen zu nehmen. »Schätze, 's hat mehr Stürme und harte Nüsse geknackt, als auf 'ne Kuhhaut gehen. Heute is es auf den Walfischfang gefahren, morgen hat sich's mit Piraten und Freibeutern 'rumgeschlagen, is über dem ganzen Weltmeer und noch 'n gutes Ende drüber 'nausgekommen. Hernach is es querfeldein nach Marselje 'nübergesegelt, wo man's hat für Geld sehen lassen, und nun sitzt's ja wohl hier so still und zufrieden, als ob's niemals nich über 'n Kartoffelacker 'nausgeguckt hätte, und die See nich mit tausend Focksegeln, und wie die Dinger sonst alle heißen, die um den Mast 'rumhängen, durchpflügt hätte.«

Dieser Enthusiasmus Abner Notts wurde geteilt von seiner Tochter, nur von ihrer Seite mit besserem Verständnis und einer Phantasie, welche sich, angeregt durch die kärgliche Litteratur, die der Auswandererwagen ihres Vaters bot, und genährt durch einige Bücher, die sich in der Schiffskajüte vorfanden, aufs üppigste entfaltete. Die seltsame Muschel, in der Rosi wohnte, umschloß für sie eine ungleich größere und erhabenere Welt, als das rauhe bunte Leben, das sie aus den kleinen Kajütenfenstern beobachtete oder durch die Abmieter ihres Vaters kennen lernte. Der kleine Raum, auf welchen sie tagelang, monatelang ausschließlich angewiesen war, hatte sich aus dem märchenhaften Spielplätze der Kinderzeit zum Schauplatz ihrer Mädchenträume umgewandelt, ohne an idealem, romantischem Reiz zu verlieren. Sie hatte sich die Geschichte des Schiffes in ihrer eigenen Weise ausgestaltet und die noch vorhandenen seemännischen Hieroglyphen an seinen Wänden gewonnen für sie eine geheimnisvolle Bedeutung. In ihrer Phantasie hatte sie mit dem Schiffe weite Reisen in ferne Weltteile und Länder gemacht, hatte die weicheren Laute fremder Sprachen auf dem Deck gehört, in schönen Sommernächten, vom Dache des Quarterdecks aus, am Horizonte Sternbilder von milderem Glanze aufsteigen sehen, als die, welche von dem metallisch schimmernden Himmel Kaliforniens herableuchteten, und zuweilen kam es ihr in ihrer Einsamkeit sogar vor, als ob das lange cylinderförmige, gewölbte Gemach, in dem sich ihr Dasein hinspann, wie andere große Seemuscheln musikalisch würde und das Murmeln und Rauschen der fernen See wiedergäbe. Das Schiff füllte sie so ganz aus, daß es schließlich die gewöhnlichen Interessen und Neigungen der weiblichen Jugend völlig verdrängte, und Rosi sogar vergessen ließ, daß ihr Anzug ärmlich und altmodisch war. In der Regel hörten auch ihre Hausgenossen nach dem ersten bewundernden Erstaunen auf, dem eigentümlichen, gleichsam in einer unsichtbaren Welt lebenden jungen Mädchen anders als mit den Augen zu folgen – teils weil das vergeistigte Wesen und die Schüchternheit Rosis sie fern hielt, teils weil Nott die Tochter eifersüchtig überwachte. Und ebenso fern wie diesem Verkehr blieb sie dem mit der Außenwelt. Rosi kam nur selten in die belebteren Gegenden der wachsenden Stadt, und ihre wenigen Ausflüge richteten sich meist nach dem alten Viehhofe in Petaluma, von woher sie Blumen und Pflanzen mitbrachte, mit denen sie eine Art von hängendem Garten auf dem Quarterdeck des Pontiac anlegte.

Es regnete noch immer, und der Wind, der sich fast in Sturm verwandelt hatte, trieb die Tropfen mit einem Geräusch, als sei es Flugwasser, gegen die schrägliegenden Fenster der Kajüte. Abner Nott saß eifrig mit seinen Rechnungsbüchern beschäftigt vor dem Tische, denn es war »Steamertag« – d. h. jener große Rechentag vor Abgang des regelmäßigen Postdampfers, welcher für den Handel von San Francisco von so weittragender Bedeutung ist – und Mr. Nott erlitt zu solchen Zeiten immer Rückfälle in sein früheres auf praktische Erfolge gerichtetes Wesen. Ein hängende Schiffslampe verlieh dem seltsamen, niedrigen mit Holz getäfelten schmuckkästchenartigen Gemache, mit seinen sorgfältig eingepaßten, kleinen, an eine Puppenstubeneinrichtung erinnernden Geräten erst den richtigen Charakter, während das hübsche ovale Gesicht Rosi Notts in dieser Beleuchtung um so mehr als die schönste Zierde desselben erschien. Eine Schiebethür führte aus der Kajüte nach einem schmalen Gange des jetzt mit einem Dache versehenen Hauptdeckes, welcher so angelegt war, daß er nach dem offenen Steuerbord mündete, wo eine schmale Treppe die Stelle der ehemaligen Schiffsleiter versah und nach der Straße hinabführte.

Ein neues prasselndes Anschlagen des Regens an die Fenster veranlaßte Rosi, von ihrem Buche aufzublicken.

»Wieviel besser ist's doch hier als draußen auf dem Viehhofe, Vater,« sagte sie in sanftem, liebevollem Tone. »Sogar wenn wir ganz allein hier wohnen, haben wir's immer noch besser, denn 's ist doch ein schönes festes Schiff anstatt eines Bretterschuppens, durch dessen Spalten der Wind pfeift und einem das Licht ausbläst, wenn man lesen will. Der Regen verdirbt auch hier nicht die Sachen, die man an die Wand hängt, und du, du siehst hier aus, wie – wie ein Herr, der in seinem eigenen Schiffe sitzt, und seine Bücher durchsieht, um neue Aufträge zu geben.«

So unbestimmt und allgemein Miß Rosis Schmeichelei gehalten war, verfehlte sie doch ihre Wirkung nicht auf den Vater, in welchem von Zeit zu Zeit eine dunkle Ahnung seiner eigenen hoffnungslosen Verbauerung und des Mangels an Uebereinstimmung mit seiner Umgebung aufdämmerte.

»Ja,« sagte er verdrießlich aber nicht unfreundlich, »ja, 's is ja wohl mehr nach der jetzigen Mode, aber 's macht sich nich bezahlt, Rosi – 's macht sich nich bezahlt. Der Pontiac sollte, schlecht gerechnet, dreihundert Dollar monatlich abwerfen – aber er thut's nich. Ich hätte wirklich Lust, denselbigen zu verkaufen.«

Da Rosi ihren Vater kannte und sich erinnerte, daß er sich während der letzten zwei Jahre an jedem Steamertage solchen düsteren Betrachtungen hingegeben und so verzweifelte Entschlüsse gefaßt, dieselben aber stets am nächsten Morgen vergessen hatte, so begnügte sie sich zu sagen:

»Aber die Lagerräume und Wohnungen werden sich wieder vermieten, Vater.«

»Das is es eben,« entgegnete Mr. Nott nachdenklich, während er mit Daumen und Zeigefinger an seinem langen Backenbarte herumzupfte, als ob er dies unwegsame Dickicht lichten müsse, um den Weg aus seinen Bedrängnissen zu finden. »Das is es ja gerade! Voll könnte man ja wohl alles haben, aber 's bezahlt keiner weder

Logiergeld noch Lagerzins. Der Bursche mit den eisernen Zucker-
kesseln sagte dieser Tage, nachdem er 'nen Versuch gemacht hatte,
mir noch 'nen zweiten Vorschuß drauf abzuschwindeln – na, sagte
er, dann würde er mir ja wohl die Kessel opfern müssen, aber er
machte sich's aus, und verließe sich drauf, daß ich 'm den Rückkauf
zehn Jahre lang offen ließe; in zehn Jahren wollte er das Pfand für
die doppelte Summe auslösen, die ich 'm drauf geborgt hätte. Der
andere Bursche, der fünfhundert Kisten voll Haarfärbemittel hier
im Zwischendeck einstellte und sich hernach, jawohl, flugs nach
Sacramento einschiffte, begegnete mir vor'n paar Tagen auf der
Straße und gab mir den Rat, ich möchte doch 'ne Flasche davon
brauchen und mich selber als 'nen Aushängeschild benutzen, oder
aber den Pontiac vorne damit anstreichen und sehen, ob ich den
Stoff nich als feuerfeste Farbe loswürde. Er hat nichts nich im Kopfe
als solche Raupen – aber 's is doch die Frage, ob sich mit selbiger
Farbe nich wirklich 'was machen ließe, wenn unsereinem nur's
Glück besser unter den Armen griffe. Da war zum Beispiel der jun-
ge Kerl aus New Jork, der die beschädigten Kisten mit Rolltaback
für fünfzig Dollar 's Tausend erstand, und sie hernach mit tausend
Dollar reinem Profit wieder losschlug, 's kommt ja wohl alles auf's
Glück an, Rosi.«

Das junge Mädchen hatte ihre Augen bereits wieder dem Buche
zugewendet gehabt. Vielleicht war ihr der Inhalt der Selbstgesprä-
che ihres Vaters bereits bekannt genug! heute aber nahm sie einen
besonders gereizten Ton in seiner Stimme wahr und so legte sie das
Buch zur Seite und faltete geduldig die Hände im Schöße.

»Das machst du recht – denn ich habs dir noch 'was zu sagen,«
fuhr Nott, als er dies bemerkte, fort.»Die Sache is nämlich die, daß
Sleight den Pontiac wie er geht und steht mitsamt dem Grunde und
Boden, auf dem er liegt, kaufen will.«

»Sleight will ihn kaufen? Sleight?« rief Rosi ungläubig.

»Wie ich dir sage. Sleight der Geldmann, der schlauste Kerl in
ganz Francisco.«

»Wozu will er ihn kaufen?« fragte Rosi, indem sie ihre hübschen
Augenbrauen zusammenzog.

Diese anscheinend ganz einfache Frage schien Nott in Verlegenheit zu setzen. Er sah seine Tochter mit einem unsicheren Blicke an und runzelte die Stirn.

»Das is nu so,« sagte er dann, indem er einen langen Atemzug that. »'s wird ja wohl seinen Grund haben.«

»Aber welchen Grund gibt er an?« fuhr das junge Mädchen ungeduldig fort. »Was sagt er?«

»Nich viel. ›Ihr habt da den Pontiac, Nott‹ sagte er. ›So is es‹ sagte ich. ›Was wollt Ihr für den Kasten mit dem Grunde und Boden, auf dem er steht, haben?‹ fragte er kurz und schneidig, wie 'n Schermesser. Nu würden ja wohl viele an meiner Stelle 'n tüchtiges Stück Geld verlangt haben und wären gefangen gewesen,« fuhr Nott mit schlauer Miene fort; »aber das is bei nur keine Mode nich, und ich sah meinen Mann nur an. ›Ich werde bis zum nächsten Steamertage warten, daß Ihr Euch die Sache überlegt‹ sagte Sleight und ging fort, wie aus 'ner Pistole geschossen. Er is 'n furchtbar schneidiger Kerl, Rosi.«

»Wenn er das ist, Vater, und den Pontiac wirklich kaufen will, so wird's wohl sein, weil er den wahren Wert kennt und nicht weil er das Schiff lieb hat, wie wir's lieb haben,« gab Rosi nachdenklich zur Antwort, »Den Wert behält's aber, wenn wir's ihm auch jetzt noch nicht verkaufen, und während der Zeit haben wir doch den Vorteil, drin zu wohnen. Meinst du nicht auch, Vater?«

Diese den Gegenstand erschöpfende Schlußfolgerung stimmte viel zu gut mit den eigenen Wünschen und Ansichten Notts überein, als daß sie ihn nicht hätte überzeugen sollen – dennoch fand er es weise, die Miene des praktischen Mannes noch eine Weile beizubehalten.

»Aber dieses verhilft uns nich zu unserem Gelde, Rosi,« sagte er. »'s muß irgend 'was geschehen. Wenn wir nu den Photographen 'raus bugsierten?«

»Jetzt, nachdem er eben die schöne Ansicht vom Pontiac von der Straße aus aufgenommen hat? Nein, Vater! Er hat versprochen, uns das eine Exemplar zu geben und das andere an dem Schaukasten in Montgomery Street auszustellen.«

»Das is richtig – 's würde auch gar nicht schlecht aussehen, wenn drunter stünde: ›Der Pontiac, Eigentum von A. Nott EZq. aus St. Johann in Missouri‹ Was für Augen würden die alten Leute machen, wenn man der Tante Phöbe das Bild schickte. Na, und da der Mann ja wohl auch etliche Ausgaben gehabt hat, um sich 'n Eingang von der anderen Straße her machen zu lassen, so mag er schwimmen. Aber der verd– alte Franzose, der Ferrers, der daneben wohnt und solche großnäsige Manieren annimmt, und mich mit den gesponnenen Pferdehaaren so hübsch übern Löffel halbiert hat –«

»Wie kannst du das sagen, Vater,« rief Rosi, während sich ihre Wangen ein wenig höher färbten. »Du hast sie ihm ja selbst angeboten. Der letzte Abmieter hatte dir diese Ballen gesponnener Roßhaare hier gelassen, um dich damit für Logis- und Lagergeld bezahlt zu machen, und als später Mr. de Ferrières das Zimmer mietete, machtest du selbst den Vorschlag, ihm die Haare anstatt der notwendigen Ausbesserungen und neuen Einrichtung der Wohnung zu überlassen. Du hast es ihm selber angeboten.«

»Ja, aber ich wußte damals ja wohl nich, daß man den vermaledeiten Stoff zu Kanapees und zu Kissen und zu solchem Zeuge braucht, und so teuer bezahlt.«

»Warum glaubst du, daß er's wußte?« fragte Rosi.

»Warum machte er denn zuerst 'n so dummes, unschuldiges Gesicht und that hernach so großnäsig, wenn ich 'mal drauf anspielte?«

»Vielleicht verstand er deinen Spaß gar nicht, Vater,« entgegnete Rosi. »Er ist ein Fremder, und stolz und zurückhaltend – ganz anders als die übrigen, und ich glaube, er hat deinen Scherz ebensowenig verstanden, wie er damals gewußt hat, welchen vorteilhaften Handel er machte. Er ist vielleicht arm, aber ich denke, er ist ein – ein – Edelmann.«

Die Lebhaftigkeit und Wärme des jungen Mädchens verfehlte denn auch nicht ihre Wirkung auf Mr. Notts schwerfälliges Fassungsvermögen; aber ihre ungewöhnliche Opposition und sogar ihre durch den Eifer gesteigerte Schönheit erfüllte ihn mit einer Art schmerzlicher Vorahnung. Seine kleinen runden Augen nahmen einen zerstreuten Ausdruck an, sein Mund blieb offen und sein frisches Gesicht wurde sogar ein weniger blässer.

»Du scheinst ja recht viel über selbigen Herrn nachgedacht zu haben, Rosi,« sagte er mit einem verzweifelten Versuche zur Schelmerei, »und wenn er nich, obwohl er sich auf jung zurecht macht, so 'n alter Krippensetzer wäre, könnte man ja wohl denken, du hätt'st 'n Auge auf ihn.«

Aber die lebhaftere Röte war bereits wieder von Rosis jungen Wangen gewichen und sie hatte die Augen wieder auf das Buch gerichtet.

»Er bezahlt seine Miete pünktlich an jedem Steamertage, und ich wette drauf, daß er bald hier sein wird,« sagte sie ruhig, als halte sie den Gegenstand für erledigt. Dabei nahm sie ihr Buch wieder vor und vertiefte sich, indem sie den Kopf auf die Hand stützte, in seinen Inhalt.

Ein unbehagliches Schweigen folgte. Der Regen schlug gegen die Fenster und das Ticken einer Uhr wurde hörbar. Noch immer saß Mr. Nott und hielt, mit dem halb verlegenen, halb schmerzlichen lächelnden Zuge um die Lippen, die Augen mit nichtssagendem Ausdruck auf die Tochter geheftet. Er hatte sie nie zuvor so hübsch gesehen, das wußte er, aber er vermochte sich nicht klar zu machen, warum ihm das heute nicht das ungemischte Vergnügen bereitete wie sonst. Er hatte es immer selbstverständlich und natürlich gefunden, daß andere Rosi bewunderten, aber es war ihm heute zum erstenmal zum Bewußtsein gekommen, daß auch sie sich nicht nur für andere interessierte, sondern diese anderen auch gründlich kannte und beobachtet hatte. Woher wußte sie das alles über den Mann, den Ferrers, und warum hatte sie außer heute, wo der Zufall es mit sich brachte, bis jetzt nie über ihn gesprochen? Nott seinerseits würde es doch gewiß gethan haben. Alles dies ging aber in so konfuser Weise durch seinen ungeschulten Kopf, daß er keinen bestimmten Eindruck davon zurückbehielt, als den etwas weit hergeholten, daß sein Abmieter durch die abscheuliche Umsicht und Geschicklichkeit, welche er in der Geschichte mit den Pferdehaaren an den Tag gelegt, einen geheimnisvollen Einfluß auf Rosi gewonnen habe. »Denn,« sagte er in seiner milden Weise zu sich selbst,

»solche Streiche verrücken den jungen Mädchen immer die Köpfe, und ich muß anjetzt auf Rosi n' bißchen aufpassen.«

Leise, regelmäßige Schritte, die sich auf dem Gange hören ließen, unterbrachen Nott in seinen väterlichen Betrachtungen. Hastig knöpfte er die rauhe Matrosenjacke zu, welche er daheim – gleichsam als die einzige Konzession an seine seemännische Umgebung – zu tragen pflegte, und richtete sich stramm auf, was ihm trotz eines gewissen ländlichen Charakters seiner Stiefeln und Beine, ungefähr das Aussehen eines Schiffskapitäns gab. Die Fußtritte kamen indessen näher und einen Augenblick später stand die hohe Gestalt eines Mannes in der Thür.

Es war eine so seltsame Erscheinung, daß sie sogar in der bunten Maskerade jener ersten Civilisationsperiode auffiel, aber sie war dem Vater wie der Tochter schon zu bekannt, um noch ihre Verwunderung zu erregen. Die Gestalt eines mit allen Hilfsmitteln der Toilette verjüngten alten Mannes, welcher, gepudert, gemalt und gefärbt bis zur krassesten Karikatur, dennoch nicht die leiseste Absicht verriet, einen komischen oder erheiternden Eindruck hervorzubringen. Sein Gesicht war so sehr Kunstprodukt, daß es einer Maske glich, und, wie eine solche, mehr pathetisch als belustigend wirkte. Er war nach der übertriebensten Mode einer seit etwa zehn Jahren verflossenen Periode gekleidet und trug straff über die lackierten Stiefel gezogene, perlgraue Beinkleider, während eine ungeheure Atlaskrawatte und ein hochstehender Hemdkragen bis zu den rotgeschminkten Wangen und dem gefärbten Backenbart hinauf reichten. Sein bis oben zugeknöpfter Rock umschloß eine Taille, welche aussah, als werde sie durch eine Schnürbrust gestützt und aufrecht erhalten.

In steifer Haltung und mit einer Gemessenheit der Bewegungen, welche vielleicht die Schwächen des Alters verdecken sollten, trat er um zwei Schritte näher und sagte bedächtig und mit fremder Betonung:

»Dar–rf ich um Quittung bitten?«

Mr. Notts abweisende Würde geriet in der leibhaftigen Gegenwart des Betreffenden ein wenig ins Schwanken und unschlüssig und unbehaglich blickte er zu seiner Tochter hinüber. Da er indessen bemerkte, daß sie den Sprecher ohne alle Verlegenheit ansah, kreuzte er die Arme steif über der Brust, und indem er sich den Anschein gab, als betrachte er mit hochmütiger Gleichgültigkeit die Kajütendecke, sagte er:

»Rosi, die Quittung des Herrn!«

Das war kein sehr glücklicher Kunstgriff, denn der Fremde, welcher offenbar bis dahin die Gegenwart des jungen Mädchens gar nicht bemerkt hatte, drehte sich sofort zu ihr um, that einige Schritte auf sie zu, beugte sich steif aber tief über die kleine Hand, welche ihm die Quittung reichte und führte sie an die Lippen. Dann legte er mit einem: »Bitte tausendmal um Ver–rzeihung, Mademoiselle!« ein kleines Leinwandbeutelchen, welches den Betrag seiner Miete enthielt, vor den aus seiner Haltung gebrachten Mr. Nott auf den Tisch und verschwand ebenso steif wie er gekommen war.

Diese Nacht war eine unruhige für den geistig schwach beanlagten Besitzer des guten Schiffes Pontiac. Unfähig seinem Unbehagen durch fernere Besprechung der Sache Ausdruck zu geben, fühlte er gleichwohl, daß dies letzte Zusammentreffen mit seinem Abmieter einen ausdrücklichen Protest erheische; da aber seine Tochter die Sache glücklicherweise fallen ließ, entfernte er sich, unter dem Vorwande von Geschäften, für den Rest des Abends.

Die Kassen und Bureaus waren noch alle hell erleuchtet; das geschäftliche Leben der handeltreibenden Stadt stand auf seinem fieberhaftesten Höhepunkte, und geleitet von dem allerdings noch unklaren Gedanken, sofort mit Sleight Verhandlungen über den Verkauf des Schiffes anzuknüpfen, wodurch er mit einem Schlage aller seiner Verlegenheiten enthoben worden wäre, lenkte Nott die Schritte nach dem Geschäftslokale des großen Spekulanten – stand aber, ehe er es erreichte, still und kehrte um. Er ging nun nach den Werften hinab und betrachtete zerstreut die zitternde Spiegelung der Lichter in dem gallertartigen Wasser; aber wohin er auch ging und blickte, immer hatte er die komische Gestalt seines Abmieters vor Augen, über den er früher stets halb mitleidig gelächelt, der aber jetzt in seinem schwachen, wirren Kopfe eine verhängnisvolle Bedeutung erlangt zu haben schien. Hier beim Anblick der glitzernden Wasserfläche kam dem alten Missourier plötzlich ein neuer Gedanke. So schnell er konnte lief er nach dem Schiffe zurück und hemmte seine Schritte erst, als er dort angekommen war. In der

Thür stand er einen Augenblick still, und stieg dann langsam die Treppe hinauf. Als er den Gang erreicht hatte, hustete er ein wenig und stand wieder still. Dann schob er die Thür zu der dunklen Kabine zurück und rief mit sanftem Tone:

»Rosi!«

»Was willst du, Vater?« fragte Rosis Stimme aus dem anstoßenden Zimmerchen rechts, das zu einem Nestchen für sie eingerichtet war.

»Nichts,« entgegnete Nott mit erheuchelter Ruhe. »Wollte eigentlich nur sehen, ob du schon schliefst. 's is heute abend 'n furchtbares Geschäft in der Stadt.«

»So.«

»Rechne, daß morgen früh viele Tonnen Geldes nach den Vereinigten Staaten 'nüber gehen.«

»So.«

»Hast du dich schon niedergelegt?«

»Ja, Vater.«

»So will ich nur noch 'nen Gang durchs Schiff machen, und mich hernach auch niederlegen.«

»Gut, Vater.«

Mr. Nott nahm eine an der Wand hängende Laterne, zündete sie an und trat in den Gang hinaus. Eine zweite Laterne hing über der Treppenluke, um den Bewohnern des unteren Decks den Weg zu zeigen. Dies Deck war der Länge nach durch einen Gang geteilt und die Thüren der daran stoßenden Verschlage, welche ihr Licht von außen durch die Fensterluken empfingen, mündeten sämtlich nach diesem Gange. Nur für zwei oder drei hatte man durch die Außenwand des Schiffes kleine Pforten geschnitten, welche auf jeder Seite mit einer separaten Treppe in Verbindung standen, und das war auch der Fall bei der Abteilung, welche der Franzose innehatte. Dieselbe besaß außer der nach dem Mittelgange führenden Thür noch diesen besonderen Ausgang, aber Mr. Nott hatte nie bemerkt, daß derselbe benutzt worden wäre. Monsieur de Ferrìeres pflegte stets, wenn er – wie jeden Tag geschah – nachmittags um drei Uhr ausging, sich durch den Mittelgang nach dem oberen Deck, und von da in die Straße zu begeben, wo seine seltsame Erscheinung, auf den Hauptpromenaden und in den belebtesten Teilen der Stadt, für zwei oder drei Stunden die Aufmerksamkeit des Publikums auf sich zog. Um acht Uhr kehrte er mit derselben Regelmäßigkeit nach dem Schiffe zurück und schloß sich in seinen Verschlag ein.

Vor der Thür desselben blieb Mr. Nott jetzt stehen, als ob er das Licht seiner Laterne in den Schatten des Vorderraumes fallen lassen wolle. Drinnen war alles still und eben beschloß er, umzukehren, als ihm ein regelmäßig wiederkehrendes Geräusch auffiel, welches er zuerst dem Anstreifen der Laterne an seinen rauhen Kleidern zugeschrieben hatte. Er setzte die Laterne nieder und horchte. Das Geräusch – ein langer, sägender Ton – kam offenbar aus dem Inneren des Verschlages. Waren es vielleicht die Ratten, welche, ebenfalls als gehaßte, nicht bezahlende Gäste, das Schiff in großer Menge bewohnten? Nein! Da, mit einem Male, blitzte ein helles Licht in Mr. Notts schwerfälligem Kopfe auf! Es war de Ferrières, welcher schnarchte. Ein schadenfrohes Lächeln stahl sich über das Gesicht des Lauschenden. »Ob Rosi ihn wohl noch 'nen Edelmann nennen würde, wenn sie 'n so schnarchen hörte,« dachte er, sich vor Vergnügen schüttelnd, während er nach der Kajüte zurückkehrte und sich in das kleine, dem Schlafzimmer seiner Tochter gegenüberliegende Gemach begab. Er träumte in der Nacht, daß sich Rosi mit dem Franzosen verheiratete und daß dieser während der ganzen Trauung vernehmlich schnarchte.

Inzwischen schlummerte Miß Rosi in ihrem wiegenartigen Nestchen sanft und friedlich, bis sie von einem Traume erwachte. Sie hatte von Venedig geträumt, von dem Venedig, wie es eine Kinderphantasie sich ausmalt – hatte die Stadt vom Deck des stolz und mit vollen Segeln in den Hafen einlaufenden Pontiac herab erblickt, und der Traum war so lebhaft gewesen und hatte einen solchen Eindruck hinterlassen, daß sie aufstehen mußte, um sich auf den Zehen an die Fensterluke zu schleichen. Eben dämmerte der Morgen über der flachhingestreckten Stadt herauf, aber aus jedem Warenhause und aus jedem Geschäftscomptoir glänzten ihr noch mit hellem Schimmer die Lichter der fieberhaft arbeitenden Jünger Merkurs und der gierigen Mammonsdiener entgegen.

Zweites Kapitel.

Der Tag, welcher der »Steamernacht« folgte, fand San Francisco und seine Bewohner in der Regel sehr müde und abgespannt. Die Überanstrengung der vorangegangenen vierundzwanzig Stunden verriet sich in den matten Augen und langsamen Bewegungen der Fußgänger, und in der Stille der Speicher und Bureaus, welche noch nach den Gasflammen der letzten Nacht rochen und in deren Kaminen noch die kalte Asche der erst am Morgen erloschenen Feuer aufgehäuft lag. Man ließ in dem geschäftigen Leben, welches hier von Steamertag zu Steamertag herrschte, eine kleine Pause eintreten, und in dieser Zwischenzeit atmeten die wenigen ängstlichen Spekulanten und Unternehmer etwas freier auf, und man benutzte dieselbe, um bedenkliche Situationen womöglich aufzubessern, oder bevorstehende Katastrophen momentan abzuwenden.

Besonders hatte das Glück Mr. Nott an diesem Morgen gelächelt. Er hatte nicht nur einen neuen Abmieter gefunden, sondern mit demselben auch, wie er in seiner Weisheit glaubte, ein Gegengewicht für den geheimnisvollen Einfluß de Ferrières' auf dem Pontiac eingeführt. Das Wesen des neuen Hausgenossen zeigte eine Mischung von geschäftlicher Schlauheit und rücksichtsloser Offenheit, welche auf seinen Wirt großen Eindruck machte.

»Denke dir, Rosi,« sagte Nott, als er seiner Tochter vergnügt von dem abgeschlossenen Handel erzählte, »denke dir, als ich nur so ganz obenhin bemerkte, man hätte mir schon Zuckerkessel und Haarfärbemittel als Sicherheit dagelassen, warf er die Miete vor zwei Monate auf 'n Tisch und sagte: ›Da habt Ihr Eure Sicherheit, wo bleibt nu aber *meine*?‹ – ›Schätze, ich verstehe Euch nich, Kamerad,‹ sagte ich, ›was wollt Ihr vor 'ne Sicherheit?‹ – ›Gesetzten Falls, Ihr verkauftet das Schiff, ehe die zwei Monate vorüber sind,‹ sagte er. ›Ich habe 'n Vögelchen pfeifen hören, daß 's der alte Sleight kaufen will.‹ – ›Sodann kriegt Ihr Euer Geld wieder, sagte ich, ›Und werde 'rausgesetzt,‹ sagte er. ›So dumm bin ich nich, alter Bursche. Ihr werdet 'n Papier unterschreiben, daß, wer auch immer das Schiff in diesen zwei Monaten kauft, mich drin lassen muß. Das is klipp und klar, nich wahr?‹ – Und so hab' ich das Papier unterschrieben,« fuhr Nott fort, indem er etwas ängstlich in das hübsche Gesicht seiner Tochter blickte. »Aber is der junge Mensch nich 'n Haupt-kerl? Er hat hier in der Nachbarschaft 'n Geschäft übernommen, möchte in der Nähe wohnen, und hat die Kabine neben dem Fran-zosen gemietet, dieselbige, welche der Kap'tän Bower innehatte, ehe daß er nach 'm Golddistrikte ging, und natürlich bleiben alle seine Sachen, die Lade u. s. w. drin stehen. Der junge Mann sieht mächtig bärtig aus, Rosi – hat 'nen langen schwarzen Schnurrbart, der nich gefärbt is, und du kannst ja wohl drauf wetten, daß er überall sei-nen Mann steht. Schätze, der is nich bloß 'n Gentleman gewesen, sondern aber is noch einer.«

»Ich glaube nicht, daß wir ein Recht haben, ihm die Lade des Ka-pitäns zu geben, Vater, denn es könnten noch Sachen von diesem, Privatpapiere und dergleichen drin sein,« sagte Rosi. »Es waren auch noch Briefe und Photographien in dem Kasten, den der Mann mit dem Haarfärbemittel hier ließ, und welchen du dem Photogra-phen gegeben hast.«

»Ja, das is ja wohl so, Rosi,« gab Abner Nott mit der vollkom-mensten Unbefangenheit zur Antwort. »Aus Liebesbriefen und Bildern läßt sich kein Gold nich 'rausschlagen – warum sollte man sie nich weggeben, wenn 'ne Menschenseele ihr Vergnügen dran findet?«

»Es fragt sich doch, ob wir das *Recht* dazu hatten, Vater.«

»Na, sie gehörten doch mit zum Pfande,« entgegnete der Vater. »Zum – Faust–pfan–de,« wiederholte er, bei jeder Silbe mit der ei-nen geballten Hand auf die innere Fläche der anderen schlagend. »Zum – Faust–pfan–de, so nennen sie's in der Geschäftssprache – und dadrum kannst du ja wohl nich 'rumkommen,« Hier schwieg Nott für einige Augenblicke und fuhr dann, als ob sich langsam und schwerfällig ein neuer Gedanke vor seine runden Augen emporrin-ge, bedächtig fort: »War dasselbigte vielleicht auch der Grund, wa-rum du nichts nich von den Kleidern der Opernsingerin anrühren wolltest, die nach Sacramento durchbrannte und hernach verstarb? Und jedennoch hatte ich die Koffer mit selbigten Kleidern regel-recht in 'ner Auktion erstanden, Rosi – auf Spikulation – und habe niemals nich 's Fuhrlohn 'rausgeschlagen.«

Eine leichte Röte stieg in Rosis Gesicht auf.

»Nein,« begann sie hastig, »nein, das konnte ich nicht.« Und indem sie nach kurzer Pause an den Vater herantrat, ihren Arm sanft um seinen Nacken schlang und sein breites, einfältiges Gesicht zu sich herumdrehte, fuhr sie fort: »Würde es dir recht gewesen sein, Vater, wenn jemand, als Mutter gestorben war, ihre Koffer genommen, in ihren Sachen herumgewühlt und sie getragen hätte?«

»Als deine Mutter starb, Rosi,« entgegnete Nott mit vollster Unbefangenheit, »da hatte sie gar keine Koffer. Schätze, sie hatte außer denen Kleidern, die sie auf'm Leibe trug, gar nichts nich mit im Wagen, als den Unterrock, in welchen selbigten sie dich einwickelte, denn wir hatten uns damals ja wohl mit den Indianern, den Alkaliums und der Kälte 'rumzuschlagen, daß es uns verging, uns in Sonntagsstaat zu werfen. Sie hätte ja wohl nie nich gedacht, Rosi, daß wir, du und ich, 'mal in 'nen solchen Päläste, in 'nen wirklichen Schiffe wohnen würden. Hätte sie sich so 'was denken können, sie wäre als 'ne stolze Frau gestorben.«

Dabei sah er die Tochter mit seinen kleinen runden Bärenaugen in der harmlosesten und liebevollsten Weise an. Rosi wandte sich mit einem leisen Seufzer ab, und ihr Blick gewann wieder den gewöhnlichen, zerstreuten Ausdruck, als habe sie sich bereits in ihre ideale Welt zurückgeflüchtet. Unglücklicherweise entging die Veränderung dem entweder durch die Liebe, oder durch eine irrige Vorstellung geschärften väterlichen Auge nicht.

»Du würd'st dir ja wohl auch 'mal 'ne neue Schabracke und so 'n bißchen Staat und Krimskram wünschen, nich wahr, Rosi,« sagte er. »Schätze, 's wäre ganz natürlich. Na, da wir anjetzt so 'nen seinen Logierherrn im Schiffe haben, sollst du dich 'mal 'rausputzen, und ich will sehen, was ich in Montgomery Street auftreiben kann.«

In der That hatte Nott nach einigen Stunden diesen Vorsatz mit einem Ungeschick ausgeführt, das nur seinem guten Willen gleichkam. Als Rosi, nachdem sie ihre häuslichen Geschäfte besorgt, in ihre kleine Koje zurückkehrte, fand sie dort einen roten Samthut von sehr wunderlicher Façon, sowie ein Paar Morgenschuhe von weißem Atlas. »Das is nur so für 'n Anfang, und ich habe die Sachen nach meinem Geschmacke ausgesucht,« erklärte ihr der Vater.

»Aber ich gehe so selten aus, Vater, und ein Hut –«

»Das is nu so,« unterbrach sie Mr. Nott selbstgefällig. »'s wird sich vor 'n junges Mädchen ja wohl ganz gut machen, wenn's aussieht, als ob sie ausginge, oder aber ausgehen könnte, wenn sie wollte. Du könnt'st ja den Hut heute abend, wenn der neue Logierherr heimkommt, aufsetzen, damit daß er denkt, du kämst grade aus 'nem Pazarr oder so 'was.«

Trotzdem gelang es Miß Rosi nicht sogleich, sich mit den Geschenken ihres Vaters auszusöhnen, und sie behielt vorläufig noch als einzigen Schmuck das gewöhnliche rote Band bei, welches so gut zu ihrem braunen Haar paßte.

Rosis Lieblingsplatz auf dem Schiffe war im Sommer der Raum zwischen der Kambüse und der Schanzverkleidung, welcher, jetzt durch eine leichte Bedachung von Planken und geteerter Leinwand gegen den Winterregen geschützt, eine Art von Veranda bildete, von der aus sie nach der bewegten Fläche der Bai und der noch fernem Hügelkette der Contra-Costa hinaussehen konnte. Hierher pflegte sie sich, wenn andere häusliche Arbeiten sie nicht in Anspruch nahmen, mit ihrer Näherei oder ihren Büchern zurückzuziehen – und hierher brachte sie auch heute das purpurrote Wunderwerk, halb in dem Wunsche, ihren Vater dadurch zu erfreuen, halb in der Absicht, den Hut einer gründlichen Umgestaltung zu unterwerfen. Aber nachdem sie denselben ein- oder zweimal vor dem Spiegel aufprobiert, schweiften ihre Gedanken darüber hinaus in die Weite und sie versank in eine ihrer gewöhnlichen Träumereien. Leichtes Rütteln an einer kaum ein Dutzend Meter von ihr entfernten Fallthür schreckte sie daraus empor. Diese Fallthür, welche die von dem unteren Deck herausführende Luke schloß, war während des Regens von unten mit einem Riegel verwahrt gewesen, der jetzt zurückgeschoben wurde, und als Rosi danach hinblickte, hob sich die Klappe, und Kopf und Schultern eines jungen Mannes kamen in der Oeffnung zum Vorschein, Teils nach der Beschreibung ihres Vaters, teils weil es nicht gut ein anderer sein konnte, gewann Rosi sofort die Ueberzeugung, den neuen Mitbewohner des Schiffes vor sich Zu haben. Sie hatte Zeit genug, zu bemerken, daß er jung und wohlgebildet war, nur vielleicht ernster aussah, als es für die Art seiner Erscheinung im Moment paßte. Aber noch ehe sie ihn näher betrachten konnte, hatte er sich umgedreht und die Luke hinter sich mit einer Gewandtheit, als habe er schon immer damit zu thun gehabt, geschlossen. Dann schlenderte er, ohne sie zu bemerken, vorwärts und trotz ihrer Bestürzung machte Rosi die Bemerkung, daß sein Tritt auf dem Deck ganz anders klang, als der ihres Vaters oder des Photographen, und daß er im Vorübergehen verschiedene Gegenstände, wie aus Gewohnheit, in beinahe liebkosender Weise mit der Hand berührte. Dann stand er still, drehte sich um und sein Blick begegnete zum erstenmal den verwunderten Augen des jungen Mädchens.

Es war zweifellos, daß sie Zeugin seines plötzlichen Erscheinens auf Deck gewesen, und verlegen und verwirrt blieb er einen Augenblick stehen. Aber ein zweiter Blick auf Rosi gab ihm die Haltung wieder und er näherte sich, wenn auch etwas zögernd, dem Platze, wo sie saß.

»Ich fürchte, mein unvermutetes Herausplatzen aus der Kabelgatsluke hat Sie erschreckt?« sagte er.

»Woraus?« fragte Rosi.

»Aus der Kabelgatsluke,« entgegnete er ungeduldig, indem er nach der Fallthür zeigte.

»Das ist die Kabelgatsluke?« sagte sie zerstreut. »Sie wissen also Bescheid auf Schiffen?«

»Ja, ein wenig,« gab er ruhiger zur Antwort. »Ich war unten und benutzte den kürzesten Weg, um hier herauf zu kommen, und mich erst 'mal umzusehen. Ich habe mich nämlich eben hier eingemietet,« setzte er erklärend hinzu.

»Ich dachte 's mir,« entgegnete Rosi einfach. »Sie sind der, welcher mit Vater Kontrakt gemacht hat?«

»Ja – der bin ich. Sie wissen also davon?«

»Ja, Vater erzählte 's mir.«

»Nott ist also Ihr Vater – ganz recht, ich sehe,« sagte er, indem er sie mit halb unterdrücktem Lächeln anblickte. »Ganz recht. Miß Nott, ich wünsche Ihnen guten Morgen!« Damit wandte er sich um, und ging der großen Kajütentreppe zu.

Ein gewisses Etwas, das in seinen Äugen aufblitzte, als er sich umdrehte, veranlaßte Rosi, der Richtung seines Blickes folgend, mit den Händen nach ihrem Kopfe zu fassen. Sie hatte den entsetzlichen Hut ganz vergessen gehabt.

Erschrocken riß sie ihn herunter und eilte dem Fremden nach der Kajütentreppe hin nach.

»Sir!« rief sie.

Der junge Mann, welcher sich schon auf der Mitte der Treppe befand, blickte empor. Rosis Wangen waren etwas gerötet und ihr schönes braunes Haar durch das schnelle Herunterreißen des Hutes ein wenig verwirrt.

»Vater sieht's nicht gern, wenn Fremde auf diesen Teil des Decks kommen,« sagte sie ungewöhnlich scharf.

»Uh, dann thut es mir leid, ihn betreten zu haben.«

»Ich – ich hielt für besser, Ihnen das zu sagen,« setzte Rosi, über ihre eigene Kühnheit beinahe erschrocken, hinzu.

»Ich danke Ihnen.«

Rosi kehrte langsam nach der Kambüsenthür zurück und nahm den unglücklichen Hut vom Boden auf. Warum war sie denn so ärgerlich auf diese Gabe ihres guten Vaters? Und welches Recht hatte der junge Mann, so nach Belieben auf dem Schiffe herumzuspazieren? Dessenungeachtet sagte ihr ein dunkles Gefühl, daß es ihr und ihrem Vater – trotz aller Liebe zu dem Fahrzeuge und trotz ihres häuslichen Lebens auf demselben – dennoch an der, wie von selbst verständlichen Vertrautheit mit dem Schiffe fehle, welche der halb gleichgültige Fremde beim ersten Betreten des Decks an den Tag gelegt hatte. Sie trat zu der Kabelgatsluke und betrachtete sie mit ganz neuem Interesse. Dann hob sie die Klappe auf, blickte hinab in das untere Deck, und wagte sich selbst nun einige Stufen der steilen Leiter hinab. Sie führte in den engen Gang, welchen ihr Vater gestern abend durchschritten hatte. Vor ihr lag, verschlossen wie immer, die Thür zu de Ferrières' Verschlage. Es war ganz still darin, denn um diese Zeit pflegte der alte Franzose seinen gewöhnlichen Spaziergang zu machen, aber das durch die jetzt offene obere Luke eindringende Licht erlaubte ihr mehr da unten zu sehen als sonst, und plötzlich erblickte sie, am Fuße der Stiege, eine zweite in die Tiefe führende Oeffnung, von welcher der genau schließende

Deckel abgenommen war. Vermutlich hatte der Fremde vergessen, ihn wieder aufzulegen, nachdem er ihn abgehoben. Das junge Mädchen stieg vollends hinab und blickte in den dunklen Raum. Es war da unten nichts zu sehen und auch nichts zu hören, als das ferne Glucksen und Gurgeln des Wassers aus noch größerer Tiefe herauf. Rosi legte den Deckel wieder auf die Luke und ging auf dem gewöhnlichen Wege nach der Kajüte.

Als ihr Vater am Abend heim kam, erzählte sie ihm in der Kürze das Zusammentreffen mit dem Fremden und die Erfahrung, welche sie in Bezug auf seine Neugier gemacht hatte. Ihre Schüchternheit und Zerstreutheit schien dabei wo möglich noch größer als sonst, und sie machte ihm die Mitteilung offenbar mehr aus Pflichtgefühl, denn aus Lust, über den Vorgang zu plaudern. Mr. Nott zog, mit seinem gewöhnlichen feineren Verständnisse, aus ihrer Erzählung die denkbar falschesten Schlüsse.

»So, er hat sich dem Schiffe angesehen?« bemerkte er mit unbeschreiblicher Schelmerei. »Wohl während du beim Scheuern der Küche warst, Rosi? Er erbot sich wohl, dir Holz und Wasser zu holen – nicht wahr?« Und nachdem das junge Mädchen mit dem gewöhnlichen sanften Lächeln nachsichtiger Liebe ihr Buch bereits wieder aufgenommen und sich in seinen Inhalt vertieft hatte, murmelte er nochmals mit innerlichem Lachen: »Schätze, der alte Franzose kam nich dazu, als der junge Bursche sein Süßholz raspelte?«

»Wie meinst du, Vater?« fragte Rosi, indem sie zerstreut zu ihm aufblickte.

Kein Mensch von gesundem menschlichen Begriffsvermögen hätte hinter diesen klaren, unschuldigen Augen Betrug oder Falschheit wittern können, aber Notts Geist war eben nicht von dieser Welt, und so fuhr er fort! »Ich meine, Mr. Ferrers fand sich wohl nich etwa zufällig ein, als der junge Mensch mit dir die Unterhaltung hatte?«

»Nein, Vater,« entgegnete Rosi, indem sie eine Anstrengung machte, ihre Gedanken von dem Inhalt des Buches loszureißen und auf seine Ideenfolge einzugehen. »Wie kommst du auf den Gedanken?«

Nott gab keine Antwort. Aber als der neue Abmieter später am Abend an der Thür der Kabine vorüberging, um sich in seinen Verschlag zu begeben, rief ihn Nott, der, diesen Moment erwartend, auf der Lauer gelegen hatte, herein.

»Es thut mir leid,« sagte der junge Mann, nach Rosi hinblickend, »daß ich heute morgen Ihre Tochter belästigt habe. Ich war ein bißchen neugierig, wollte mir das alte Schiff besehen, und wußte nicht, daß Sie sich einen Teil für Ihren Privatgebrauch vorbehalten haben.«

»Habe ich ja wohl auch nich,« entgegnete Nott im Tone der Autorität. »Außer den Logies und den Speichern is nichts nich prifat,« und dann den ängstlichen Blick seiner Tochter bemerkend und ihm wie gewöhnlich eine falsche Deutung beilegend, fuhr er fort. »Außerdem is aufm ganzen Schiffe kein Platz nich, wo Sie nich ebensogut spazieren gehen könnten, wie jeder andere, mag er 'n Amerikaner oder 'n Ausländer, jung oder aber alt, angestrichen oder nich angestrichen sein. Alle haben hier dieselbigen Rechte, das können Sie sich merken. Mr. Renshaw, das da is meine Tochter. Rosi setze dem Herrn 'n Stuhl her. Sie is gerade von der Priminade heimgekommen und hat grade erst ihren Hut abgenommen,« fügte er hinzu, indem er Rosi mit schlauem Lächeln ansah und dann seine Blicke in die Kabine umherschweifen ließ, um zu sehen, ob der vermißte Gegenstand nicht an einem in die Augen fallenden Platze aufgestellt sei. »Na, setzen Sie sich nur 'ne Minute, setzen Sie sich.«

Mr. Renshaw blickte einen Moment in das zerstreute Gesicht Rosis.

»Bitte, entschuldigen Sie mich; aber ich habe einen notwendigen Brief zu schreiben,« sagte er dann mit einer halben Verbeugung vor dem jungen Mädchen. »Gute Nacht.«

Den Gang überschreitend, begab er sich nach der ihm angewiesenen Koje, deren Thür er hinter sich schloß. Dann zündete er in einer gewissen ungeduldigen, nicht die beste Laune verratenden Weise seine Lampe an und legte sein Schreibgerät zurecht, denn der Grund, welchen er Mr. Nott gegenüber für seinen schnellen Aufbruch angegeben, hatte mehr Anspruch auf Wahrheit, als auf Höflichkeit. Er hatte wirklich einen Brief zu schreiben und zwar einen, bei welchem ihn – da er noch jung war und noch keine Uebung in

Falschheit und Doppelzüngigkeit besaß – die Nähe seines Wirtes störte. Dieser Brief lautete, wie folgt:

»Lieber Sleight!

»Da ich keine andere Möglichkeit fand, das Schiff eingehend zu besichtigen, als wenn ich es bewohnte, so habe ich mich soeben bei dem gottverlassenen alten Esel, dem es gehört, eingemietet. Ich habe, für den Fall, daß der alte Narr Lust haben sollte, es vorher an irgend einen anderen zu verkaufen, auf zwei Monate abgeschlossen. Außer den Löchern, welche eingeschnitten wurden, als der dösköpfige Missourier das Mitteldeck in einzelne Kammern abteilen ließ, ist das Schiff, glaube ich, ziemlich unverändert geblieben, und sein Vorderraum, soviel ich beurteilen kann, noch vollständig unberührt. Es scheint, daß Nott das Fahrzeug kaufte, als es noch seine halbe Ladung hatte, aber nicht dabei war, als man sie löschte. Gewiß ließe sich aus jedem anderen, als aus diesem missourischen Dickschädel, der sich den Heusamen noch nicht aus den Haaren gekämmt hat, eher etwas herausholen und ich brauchte meine Zeit nicht mit Narrenspossen zu vergeuden, die mir eigentlich gegen den Strich gehen. Hätte ich den Verschlag beziehen können, welcher weiter vorn, dicht neben der Kabelgatsluke liegt, so würde ich der Sache binnen wenigen Stunden auf den Grund kommen; aber die Koje ist von dem verrückten Franzosen bewohnt, der jeden Nachmittag Montgomern Street unsicher macht, und obwohl das alte Heupferd ihn an die Luft setzen möchte, so können doch noch Wochen vergehen, ehe ich sie bekomme.

»Wenn mir etwas Menschliches begegnen sollte, so walzen Sie nur gleich hierher und bemächtigen sich meiner Sachen, denn Nott hat die angenehme Gewohnheit, die Koffer seiner Abmieter zu konfiszieren.

Ihr Dick.«

Drittes Kapitel.

Wenn Mr. Renshaw seiner Neugier, das Innere des Pontiac kennen zu lernen, ferner frönte, so geschah es, ohne daß Rosi etwas davon bemerkte. Selbst von der Aufforderung ihres Vaters, sich ohne Scheu auf dem oberen Deck zu ergehen, machte er keinen Gebrauch, und dies fing an, das junge Mädchen für ihn einzunehmen. Zudem, wenn er auch der entgegenkommenden Freundlichkeit Notts, die dieser ihm bei jeder Gelegenheit zeigte, auszuweichen schien, that er dies doch ohne deshalb Rosi aus dem Wege zu gehen; im Gegenteil hatte es den Anschein, als hege er den Wunsch, die halbverächtliche Gleichgültigkeit, welche er für den Vater bekundete, durch ein um so achtungsvolleres Benehmen gegen die Tochter auszugleichen. Rosi ihrerseits wäre gar nicht abgeneigt gewesen, sich zuweilen etwas über Schiffe von ihm erzählen zu lassen, und ihn über diesen Gegenstand um allerlei Auskunft zu bitten, denn sie war überzeugt, seine Unterhaltung würde interessanter sein, als die des alten Kapitän Bower, der vor ihm in der Kabine gewohnt, und ihr einst gesagt hatte, ein Schiff sei »des Teufels Hühnerkorb«. Auch würde sie ihn gern darüber aufgeklärt haben, daß sie nicht daran gewohnt sei, purpurrote Hüte aufzusetzen – aber ihre Gedanken wurden bald durch einen Vorfall abgezogen, welcher die Gleichförmigkeit ihres jungen Lebens unterbrach.

Sie war, wie sie sich später erinnerte, eines Nachmittags in einer gewissen nervösen Unruhe gewesen, welche es ihr unmöglich gemacht hatte, die gewöhnlichen häuslichen Geschäfte zu verrichten, sie aber auch nicht dazu hatte kommen lassen, sich ihrer Lieblingserholung hinzugeben, welche im Lesen und im Erbauen von Luftschlössern bestand.

Nachdem sie eine Weile auf dem Schiffe hin und her gegangen war, stieg sie endlich, in ihrer Rastlosigkeit, nach dem unteren Deckraum hinab und begab sich nach dem vorderen Raume, wo sie vor einigen Tagen die offene Luke entdeckt hatte. Dieselbe war nicht wieder geöffnet worden, oder es war wenigstens keine Spur davon sichtbar geblieben.

Etwas beschämt – warum wußte sie selbst nicht recht – den Schauplatz der Zudringlichkeiten Mr. Renshaws wieder aufgesucht zu haben, war sie eben im Begriff umzukehren, als sie bemerkte, daß die Thür zu der Koje de Ferrières' ein wenig offen stand. Dies war etwas so Ungewöhnliches, daß sie verwundert stehen blieb. Im Inneren rührte sich nichts. Es war die Zeit, um welche der seltsame Kauz seinen Spaziergang zu machen pflegte, und er hatte entweder vergessen, die Thür zu schließen, oder sie war von anderer Hand geöffnet worden. Nach momentanem Besinnen stieß Rosi dieselbe weiter auf und trat ein.

Im Dämmerlichte der beiden kleinen Schiffsfenster bemerkte sie, daß der Fußboden mit dem Inhalt eines der Roßhaarballen bestreut war, von denen einige noch unberührt an der Wand lehnten. Mehrere noch unvollendete, halb gestopfte Sitz- und Rückenkissen, sowie ein Haufen zum Teil schon zu Ueberzügen zerschnittenen Saffianleders lagen in der Koje umher, welche dadurch das Ansehen einer ärmlichen Tapezierwerkstätte erhielt. Ein Instrument zum Aufkratzen der Roßhaare, Nadeln, Zwirn und Knöpfe lagen auf einer kleinen Bank und waren allem Anscheine nach erst vor kurzem gebraucht worden. Ein irdenes Waschbecken und ein ebensolcher Krug auf dem Fußboden, daneben ein Lager, welches aus einem geöffneten Roßhaarballen bestand, und über welches ein zerrissenes Betttuch, sowie eine verschlissene wollene Decke ausgebreitet waren, gaben Zeugnis, daß der einsame Arbeiter in demselben Raume auch wohnte und schlief.

Der durch die Abgeschlossenheit und das viele einsame Lesen geschärfte und angeregte Geist des jungen Mädchens erfaßte schnell die Sachlage. Die nackten, kahlen Wände, die vorhandenen stummen Beweise heimlichen, mit Entbehrungen aller Art verknüpften Fleißes, die Benutzung eines Zufalls, welcher de Ferrières der Beschämung enthoben hatte, sich öffentlich durch die Arbeit seiner Hände ernähren zu müssen, enthüllten vor ihren klaren Augen die ganze Wahrheit. Sie wußte jetzt, warum er das Anerbieten ihres Vaters, die Roßhaare zurückzukaufen, verlegen abgelehnt; sie wußte jetzt, wie mühsam die Mittel erworben wurden, aus welchen er seine Miete bezahlte und seine lächerliche, kindische Eitelkeit befriedigte. An einem Nagel in der Ecke hingen – in schreiendem Kontrast zu der Aermlichkeit der Umgebung – die ihr bekannten Stücke des Maskenanzuges, unter welchem er seine Armut verbarg: die perlgrauen Beinkleider, der schwarze Rock und der hohe, glänzende Cylinderhut. Aber wenn diese Kleider hier waren, wo befand sich denn ihr Eigentümer? In welcher neuen Verkleidung war er von dem Schauplatze seiner Armut entwichen? Ein unbestimmtes Mißbehagen veranlasse Rosi, sich der offenen Thüre wieder zuzuwenden, und fast hatte sie dieselbe erreicht, als ihr Auge noch einmal das von dem eindringenden Lichte nur halb beleuchtete Lager streifte. Das dort liegende Bündel schien ihr verdächtig, und sie trat näher. Das, was sie für eine alte Wolldecke gehalten, war ein Schlafrock, und eine weiße, magere, zusammengekrampfte Hand wurde in seinen Falten sichtbar.

Auf die im Auswandererkarren verbrachten Kindheitsjahre Rosi Notts war mehr als einmal der Schatten von Skalpmessern gefallen und sie war an den Anblick des Todes gewöhnt. Furchtlos trat sie deshalb an das Lager. In den Schlafrock eingewickelt lag der leblose Körper des alten Franzosen, und ohne zurückzuschrecken oder Hilfe herbeizurufen, nahm sie sofort eine genaue Untersuchung desselben vor. De Ferrières war bewußtlos, aber sein Puls schlug noch. Er hatte, als der Anfall eintrat, offenbar noch Besinnung und Kraft genug gehabt, um – Luft oder Beistand suchend – die Thüre zu öffnen, war dann aber ohnmächtig auf sein Lager gesunken. Nun sprang Rosi fort, zuerst nach dem Vorratsschranke ihres Vaters, dann nach der Küche. In kürzester Zeit kehrte sie zurück, schloß hinter sich die Thür und hatte bei der geschickten und klugen Anwendung von heißem Wasser und Whiskey bald die Genugthuung, einen Schimmer von Farbe auf die geisterbleichen Wangen des alten Mannes zurückkehren zu sehen. Noch war sie damit beschäftigt, seine kalten Hände in den ihrigen zu wärmen, als er langsam die Augen aufschlug. Erschrocken in die Höhe fahrend, machte er einen Versuch, sie von sich zu stoßen und sich aufzurichten. Aber das junge Mädchen hielt ihn mit sanfter Gewalt zurück.

»Was ist geschehen?« fragte er stammelnd, während er mit sichtlicher Anstrengung bemüht war, sein Gesicht von Rosi ab und nach der Wand zu kehren.

»Sie sind krank gewesen,« entgegnete sie besänftigend. »Da trinken Sie.«

Das Gesicht noch immer abgewendet, brachte er die Tasse an seine bebenden Lippen. Nachdem er getrunken, ließ er einen erschrockenen Blick durch das Zimmer und nach der Thür schweifen.

»'sist niemand hier, als ich,« sagte Rosi, seine Gedanken schnell erratend. »Ich sah zufällig im Vorübergehen die Thür offen, und hielt es nicht für notwendig, sonst jemand herbeizurufen.«

Der forschende Blick, mit dem er sie bis jetzt angesehen, nahm einen beruhigten Ausdruck an, und fast gleichzeitig blitzte, zu ihrem nicht geringen Mißbehagen, ein Strahl seiner altmodischen Galanterie darin auf. Mit der Miene eines vornehmen Mannes zog er den Schlafrock fester um sich zusammen.

»Ah, Mademoiselle,« rief er, »eine Göttin hat meine arme Hütte ihres Besuches gewürdigt. Eine Göttin ist in die Zelle herabgestiegen, in – der ich mich – auf so sonderbare Weise unterhalte. Sieht es hier nicht – höchst – höchst seltsam aus? Ich kam nämlich hierher – um – um ein Experiment zu machen; wollte nur wissen, wie – wie es Leuten zu Mute ist, welche mit den Händen arbeiten, und da – war es die plebejische Beschäftigung oder die Hitze und Finsternis hier? – genug ich bekam einen Schwindelanfall, stolperte vorwärts, wurde schwach, stieß einen Schrei aus und sank zusammen. Aber der gute Gott hörte meinen Hilferuf und schickte mir einen seiner Engel. Voilà!«

Dabei versuchte er eine graziöse Bewegung, verlor aber das Gleichgewicht und fiel, nach Atem ringend, auf sein Lager zurück. Dennoch war mit seiner lächerlichen Affektation so viel echtes Gefühl, ein so schmerzliches Bewußtsein der Erfolglosigkeit seiner Lüge gemischt, daß Rosi, die ihr Gesicht abgewandt hatte, sich wieder zu ihm neigte und ihre Hand beschwichtigend auf seinen Arm legte.

»Sie müssen still liegen bleiben und zu schlafen versuchen,« sagte sie sanft. »Vielleicht komme ich nochmal, um nach Ihnen zu sehen. Haben Sie keine Bekannten hier, nach denen ich schicken könnte?«

Er schüttelte heftig den Kopf. Dann setzte er in dem früheren galanten Tone hinzu:»Außer Mademoiselle habe ich niemand, den ich zu sehen wünschte.«

»Verstehen Sie mich recht –« sagte sie zögernd, »ich meine, ob Sie nicht nähere Freunde besitzen –?«

»Freunde? Ja gewiß, Freunde genug,« gab er, die Achseln zuckend, zur Antwort. »Freunde genug – aber Mademoiselle wird begreifen –«

»Sie befinden sich jetzt auch schon besser, und wenn Sie es nicht wünschen, braucht niemand etwas von Ihrem Unfalle zu erfahren,« sagte Rosi schnell. »Versuchen Sie zu schlafen. Die Thüre brauchen Sie, wenn ich fort bin, nicht zu verschließen; ich werde acht geben, daß niemand Sie stört.«

Er errötete ein wenig und schlug die Augen nieder, dann sagte er: »Ist das alles nicht sehr spaßhaft, Mademoiselle? Finden Sie nicht?«

»Ja, wirklich,« entgegnete Rosi, indem sie sich in dem elenden Raume umsah.

»Und Mademoiselle ist ein Engel.«

Damit drückte er ihre Hand dankbar an seine Lippen – war die erste ungekünstelte Bewegung, die er machte. Rosi schlüpfte hinaus und zog die Thüre leise hinter sich zu.

Als sie das obere Deck erreichte, bemerkte sie zu ihrer nicht geringen Erleichterung, daß ihr Vater noch nicht zurückgekehrt und ihre Abwesenheit unbemerkt geblieben war. Sie hatte sich in dem Augenblicke, als sie de Ferrières' Geheimnis durch Zufall entdeckt, auch fest vorgenommen, dasselbe zu bewahren, und um dies zu können und gleichzeitig den Kranken zu überwachen, ohne daß ihr Vater etwas bemerkte, mußte sie vorsichtig zu Werke gehen. Die seltsame Abneigung Notts gegen den unglücklichen Mann war ihr bekannt, wenn sie auch die Ursache nicht ahnte. Aber sie hatte sich gewohnt, die Grillen und Schrullen ihres Vaters mehr mit liebevoller Nachsicht, als mit Achtung vor seinem Urteile zu behandeln, und sah nichts Unrechtes darin, wenn sie ihm hier, wo sie durch das Gegenteil einen Vertrauensbruch an einem anderen begangen hätte, ihr Vertrauen vorenthielt. »Es würde Vater gar nichts nutzen, wenn er's erführe,« sagte sie zu sich selbst, »und wenn's ihm auch was nutzte, sagen dürfte ich's ihm doch nicht,« fügte sie dann mit triumphierender weiblicher Logik hinzu.

Der Eindruck, den sie soeben da unten empfangen, war stärker als andere Rücksichten. Die Entdeckung der Armut de Ferrières' erschien ihr wie ein Kapitel aus einem von ihr selbst erfundenen und ausgesponnenen Romane. Der unglückliche Held desselben stand in der Tiefe seines Elendes rein von Thorheit und Selbstsucht vor ihr und über dem dramatischen Effekt der ihn umgebenden Scene vergaß sie seine lächerlichen Schwächen. Die Sache befriedigte zum Teil ein längst von ihr empfundenes Bedürfnis. Sie hatte da nicht gerade die Geschichte des Schiffes vor sich, wie sie dieselbe geträumt und sich ausgemalt, aber immerhin eine selbsterlebte Episode, welche die Einförmigkeit des Lebens auf demselben unterbrach. Außerdem zweifelte sie keinen Augenblick, in nächster Zeit von de Ferrières' eigenen Lippen den wahren Grund einer so seltsamen Existenz zu hören, hinter welcher fraglos mehr verborgen lag, als sie bis dahin ahnen konnte.

Nach Verlauf einer Stunde klopfte Rosi nochmals leise an die Thüre de Ferrières', um ihm eine kleine für ihn bereitete Erfrischung zu bringen. Er schlief, aber sie bemerkte zu ihrem Erstaunen, daß er die Zwischenzeit benutzt hatte, um sich in sein altmodisches Staatsgewand zu werfen. Der Umstand versetzte ihren Illusionen einen starken Stoß, aber sie vergaß alles bald wieder über dem Kontrast zwischen seinem bleichen, eingefallenen Gesichte und seinem gefärbten und pomadisierten Haar und Bart – zwischen der Sorgfalt, mit der er sich angekleidet, und seiner gebrochenen, zusammengesunkenen Gestalt. Nachdem sie die Ueberzeugung gewonnen, daß er wirklich schlief, machte sie sich leise daran, dem elenden Raume ein etwas besseres Aussehen zu geben. Mit wenigen gewandten, nur den Frauen eigenen Handgriffen beseitigte sie die das Elend gewöhnlich begleitende Unordnung, indem sie die losen Roßhaare, sowie das sonstige umherliegende Material und das verräterische Handwerkszeug zusammenschob und einpackte. Als de Ferrières dann noch immer schlief, stellte sie, ohne seinen Schlummer – das beste natürliche Stärkungsmittel – zu stören, die mitgebrachten Erfrischungen neben seinem Lager nieder und verließ geräuschlos das Gemach. Während sie durch den dunkeln Gang nach der Kajütentreppe eilte, glaubte sie ein- oder zweimal Fußtritte zu hören, und blieb lauschend stehen; da ihr aber niemand begegnete und sie keinen weiteren Laut vernahm, glaubte sie sich geirrt zu haben, und erklärte sich die Sinnestäuschung mit dem Bewußtsein, auf heimlichen Wegen zu gehen. Dennoch hielt sie es für angemessen, sich zuerst nach der Kambüse zu begeben, wo sie einige Minuten verweilte, ehe sie nach der Kabine zurückkehrte. Als sie hier eintrat, bemerkte sie nicht ohne Schrecken die Gestalt eines Mannes, der vor dem Pulte ihres Vaters saß – aber ihre Furcht verschwand sofort, als sie in dem Gaste Mr. Renshaw erkannte.

Er erhob sich und legte das Buch aus der Hand, welches er in müßigem Warten ergriffen und aufgeschlagen hatte.

»Diesmal bin ich absichtlich hier eingedrungen, Miß Nott, und da ich niemand fand, konnte ich der Versuchung nicht widerstehen, mich ein bißchen in diesem kleinen Schmuckkästchen umzusehen,« sagte er.

Sein Lächeln dabei war so offen und harmlos, seine Stimme klang so angenehm, seine ganze Haltung zeigte nicht die geringste Beimischung der früheren steifen Gezwungenheit – und dennoch war sein Benehmen so achtungsvoll, er sah so jugendlich und doch männlich aus, daß es Rosi trotz ihrer Zerstreutheit auffiel. Ihre Augen leuchteten auf und senkten sich dann vor seinem bewundernden Blicke. Hätte sie geahnt, wie wunderbar die Aufregung der letzten Stunde ihr hübsches Gesichtchen verschönert, indem sie das schlummernde Leben der erst halb erschlossenen Blüte weckte, Rosi würde noch viel verwirrter gewesen sein. Wie die Dinge lagen, war sie nur froh, den jungen Mann so vorteilhaft verändert zu finden. Vielleicht erzählte er ihr nun Schiffsgeschichten; vielleicht, wenn sie ihn erst länger kannte, durfte sie ihn – natürlich mit de Ferrières' Erlaubnis – ins Vertrauen ziehen und seine Teilnahme und thätige Hilfe für denselben in Anspruch nehmen. Vorläufig mußte sie sich freilich damit begnügen, die schon im voraus empfundene Dankbarkeit auf ihrem Gesicht zu zeigen, als sie Renshaw mit mädchenhafter Schüchternheit bat, sich wieder zu setzen.

Aber Mr. Renshaw schien nur zu sprechen, um sie zum Sprechen zu bringen, und Rosi fand das sehr hübsch und unterhaltend. Es dauerte nicht lange, so kannte er ihre ganze einfache Lebensgeschichte, von dem Tage an, da sie noch als kleines Kind mit den Eltern nach Kalifornien ausgewandert war, bis zu der Zeit, da sie als heranwachsendes Mädchen in das alte Schiff verpflanzt wurde; ja, er hatte selbst von den Romanen gehört, welche sie in ihr Leben hier eingewebt. Und welche Pläne und Absichten er auch verfolgen mochte, er lauschte ihren kunstlosen Erzählungen so aufmerksam, als ob er daraus die eingehendsten Belehrungen schöpfe. Als sie einmal eine kurze Pause machte, sagte er ernst: »Ich muß Sie schon bitten, mich einmal in diesem wunderbaren Schiffe umherzuführen, Miß Nott, damit ich's mit Ihren Augen betrachten lerne.«

»Ich glaube, Sie kennen es bereits besser und wissen mehr davon als ich,« gab sie lächelnd zur Antwort.

Mr. Renshaw zog die Brauen ein wenig zusammen.

»Wieso?« fragte er mit einem Anfluge seines früheren steifen, unbehaglichen Wesens.

»Weil ich bemerkte,« sagte Rosi schüchtern, »daß Sie, als Sie neulich da oben umhergingen, alle Gegenstände in einer Weise berührten, als wären sie Ihnen ganz vertraut.«

Der junge Mann blickte auf und hielt seine Augen so lange auf Rosi geheftet, bis sein eigenes Gesicht wieder freundlicher geworden war.

»So hätte ich wohl auch, als ich Sie damals mit einem so wunderlichen Hute bekleidet fand, annehmen sollen, Sie trügen immer solche Hüte?« sagte er mutwillig.

Im ersten Rausche gegenseitigen Wohlgefallens finden junge Leute meist ein Lachen wie einen Seufzer hinreichend, ihre übereinstimmenden Sympathien auszudrücken, und so versetzte Renshaws Scherz die beiden in die größte Heiterkeit. Als sie noch mitten darin waren, trat Nott ein, aber die Befriedigung, mit der ihn das anscheinend vollständige Einvernehmen des Paares erfüllte, sollte bald eine Abschwächung erfahren, denn Rosi, der es plötzlich zum Bewußtsein kam, daß das unglückliche Geschenk ihres Vaters doch auch sie lächerlich gemacht hatte, wurde verlegen, und Mr. Renshaw nahm in Gegenwart des alten Mannes wieder die frühere abweisende Haltung an. Vergebens bemühte sich Abner Nott, anfänglich mit leichter Schelmerei sein eingehendes Verständnis für die zarte Bedeutung der Scene darzulegen, und später, als er damit nichts erreichte, und unruhig wurde, mit ebenso überzeugendem Ernste bemerklich zu machen, daß er in dem tête-à-tête nichts anderes erblicke, als ein Zusammentreffen zu rein geschäftlichen Zwecken.

»Ich hätte nich 'rein kommen sollen, Rosi, während du mit dem jungen Herrn über den Kontrakt sprachst,« sagte er. »Aber du brauchst gar nicht auf mich acht zu geben. Ich bin so wie so nur auf 'nen Augenblick gekommen, denn ich habe mit 'nem Manne da drüben um die Ecke noch 'was Notwendiges zu reden.«

Aber diese seine Kriegslist hinderte weder Renshaw, sich nach seiner Koje, noch Rosi, sich in die Kambüse zu begeben, Abner Nott blieb allein zurück und durchwühlte das Dickicht feines Bartes nach einer Erklärung. Endlich – während er auf seine ungeheuren, mit Schmutz bedeckten Stiefeln niederblickte, welche stark an seinen eigentlichen Beruf als Farmer erinnerten, und ihm das Ansehen gaben, als stehe er auf der breitesten Grundlage seines eigenen Ackers und Bodens – kam ihm ein leuchtender Gedanke.

»'s sind die Stiefeln,« sagte er leise zu sich selbst. »Die Trampel sind nich grade was Feines und passen gar nich hier in der Kabine – sie passen überhaupt nich, sondern aber fahren mir um die Füße 'rum, daß es beinahe aussieht, als ob sie ganz für sich allein ihr Spiel trieben, und die jungen Leute kriegen so 'was ja nun wohl gleich weg, und reißen aus.«

Dieser Erkenntnis mit seiner gewöhnlichen Raschheit des Entschlusses Rechnung tragend, begab er sich sofort zu dem nächsten Kleidertrödler, erstand ein Paar ungeheure, gestickte Morgenschuhe, welche einst einem gichtbrüchigen Schiffskapitän gehört hatten, und kehrte mit einer Befriedigung, als habe er die ganze Kabine neu auspolstern lassen, dorthin zurück. Nebenbei hatten die Schuhe noch eine andere magische Eigenschaft: sie machten Mr. Notts Fußtritte, welche sonst durch das ganze Schiff dröhnten und seine Gegenwart verrieten, leise und unhörbar.

Währenddem hatte Miß Rosi die Abwesenheit des Vaters dazu benutzt, ihren Kranken nochmals zu besuchen. Um jede Entdeckung zu vermeiden hatte sie kein Licht mitgenommen, sondern suchte tastend ihren Weg durch den finsteren Gang des unteren Deckes. Sie klopfte leise an de Ferrières' Thür und dieselbe wurde sogleich von ihm selbst geöffnet. Allem Anschein nach hatten die kleinen Veränderungen, welche sie in dem Raume vorgenommen, seinen Beifall gefunden, denn er hatte das Lager, von dem er aufgestanden war, zusammengeschoben und in zwei niedrige diwanähnliche Sitze verwandelt. Zwei Lichtstümpfchen erleuchteten die Koje, der Schlafrock war kunstvoll über den einzigen Stuhl drapiert und ein Haufen Kissen bildeten einen weiteren Sitz. Mit vollendeter Galanterie geleitete der alte Franzose Miß Rosi nach dem Stuhle. Er sah, obwohl der Anfall offenbar vorüber war, noch blaß und angegriffen aus, bestand aber darauf, vor ihr stehen zu bleiben. »Wer weiß ob mir nicht, wenn ich mich niedersetzte, nochmals das Malheur passierte, in Mademoiselles Gegenwart einzuschlafen, um sie dann, wenn ich wieder erwachte, nicht mehr zu finden,« sagte er.

Monsieur de Ferrières so wohl zu sehen, setzte Rosi mehr in Verlegenheit, als wenn er hilflos vor ihr gelegen hätte, und so erwiderte sie etwas befangen, sie freue sich, daß es ihm so viel besser gehe, und hoffe, daß die Kraftbrühe, die sie für ihn bereitet, nach seinem Geschmack gewesen sei.

»Das reine Manna, das reine himmlische Manna, Mademoiselle,« entgegnete er feurig, »Sehen Sie, ich habe sie bis auf den letzten Tropfen ausgetrunken.«

Dabei zeigte er ihr die leere Schale. Wie ein Blitz schoß ihr die Ueberzeugung durch den Kopf, daß der Mangel an Nahrung ihm den Schwächezustand zugezogen hatte, und dieser Gedanke, welcher ihr die Thränen in die Augen trieb, gab ihr auf der anderen Seite die Fassung wieder.

»Ich wollte, Sie erlaubten mir, mit meinem Vater oder sonst jemand über Ihre Lage zu sprechen,« sagte sie, ihrem Herzen folgend, verstummte aber sogleich wieder, denn sie sah, wie ein halb wahnsinniger Schrecken in seinen tiefliegenden Augen aufblitzte.

»Wozu und weshalb, Mademoiselle?« fragte er, an allen Gliedern bebend. »Wegen meines Anfalls, der nichts – gar nichts zu bedeuten hat, denn wie Sie sehen, bin ich bereits wieder völlig wohl. Oder um einer Schrulle willen, welche Sie, wenn Sie wollen, eine Narrheit nennen können, und welche die Leute gar nicht verstehen würden? Nein, Mademoiselle ist gut und klug, sie wird sich selbst sagen, daß, wenn ihr Freund, Monsieur de Ferrières, ein Geheimnis hat, wenn es ihm nötig scheint, für den Augenblick die Rolle eines armen Arbeiters zu spielen, hier zu wohnen und sich einzuschließen, dies sein Geheimnis bleiben muß – und daß sie es, auch wenn sie sich vielleicht den Grund dazu denken könnte, doch nicht verraten dürfte.« Dabei hatte er Rosis Hand mit einer Gebärde ergriffen, welche galant sein sollte, in ihrer zitternden Eindringlichkeit aber mehr wie eine flehentlich bittende aussah.

»Ich habe niemand etwas gesagt und werde, wenn Sie es nicht wünschen, auch niemand etwas sagen,« entgegnete das junge Mädchen hastig. »Aber andere könnten doch auch die Entdeckung machen, wie Sie hier leben. Diese Arbeit ist für Sie nicht passend, denn Sie sind ein – ein Edelmann. Sie sollten lieber Advokat werden, oder Arzt, oder in ein Bankgeschäft eintreten,« fuhr sie schüchtern fort.

Er ließ ihre Hand fallen.

»Ah, begreift Mademoiselle denn nicht, daß ich gerade, *weil* ich ein Edelmann bin, zu dieser Arbeit griff,« entgegnete er heftig. »Gerade die Doktoren, die Advokaten und die Banquiers haben mich, den Edelmann, dahin gebracht, wo ich jetzt bin. Die Arbeit, die ich hier thue, ist wenigstens eine ehrliche und das ist mehr, als was man von der des Arztes, des Advokaten und des Banquiers sagen kann. Ah bah! was ist weiter darüber zu reden?« setzte er hinzu, während er aufgebracht in dem Raume auf und ab schritt; aber ein flüchtiger Blick auf das halb besorgt, halb erschrocken aussehende junge Mädchen ließ ihn plötzlich still stehen. Er zog einen kleinen Handkoffer hinter den Roßhaarballen hervor und öffnete ihn. »Sehen Sie da, Mademoiselle,« fuhr er fort, indem er eine Handvoll beschmutzter und zerknitterter Papiere heraus nahm, »Sehen Sie, das sind die Werkzeuge Ihrer Herren Banquiers, Advokaten und Doktoren. Damit bringt der Banquier Sie um Ihr Vermögen, damit beweist der Advokat, daß Sie ein Dieb sind, damit erklärt der Doktor Sie für verrückt. Welche Arbeit würden Sie nun eines Edelmanns würdiger erachten,« setzte er hinzu, indem er den Haufen Kissen herbeischob, »diese – oder – jene?«

Es war den aufmerksamen Augen des jungen Mädchens nicht entgangen, daß mehrere der Papiere wie gerichtliche Dokumente, andere wie Frachtbriefe und Lieferscheine aussahen, und die halb theatralische Art, in der sie vorgewiesen wurden, erinnerte sie an ein Theaterstück, das sie einst gesehen. Sie konnten ebensogut den Schlüssel zu der Geschichte des Mannes enthalten, wie wertlose

Papiere sein, die nur in seiner wirren Phantasie Wichtigkeit besaßen. Mochte der Fall aber liegen wie er wollte, de Ferrières schien nicht geneigt sich weiter darüber auszulassen.

»Was belästige ich aber Mademoiselle mit solchen Dingen,« sagte er, in seine gewöhnliche hochtrabende Art zurückfallend. »Wie sollten solche Sachen Sie interessieren? Wir wollen lieber davon reden, daß Mademoiselle meine arme Hütte mit ihrer Gegenwart beglückt.«

»Aber sind jene Papiere nicht vielleicht wirklich wertvoll?« bemerkte Rosi.

»Vielleicht!« und nachdem er das junge Mädchen eine Weile scharf angesehen, setzte er fragend hinzu: »Hat Mademoiselle Grund, das zu glauben?«

»Wie sollte ich?« erwiderte Rosi. »Ich verstehe nichts davon.«

»Ah, wenn Mademoiselle der Meinung wäre – wenn sie mich der Ehre wert hielte –« hier stockte er, legte die Hand an die Stirn und murmelte dann: »so könnte es wohl so sein.«

»Ich muß jetzt fort,« sagte Rosi hastig, indem sie sich ängstlich erhob. »Vater wird sich wundern, wo ich bin.«

»Ich werde es ihm erklären; ich werde Sie begleiten.«

»Nein, nein,« entgegnete Rosi rasch, »er darf nicht wissen, daß ich hier gewesen bin.« Sie brach ab, wurde rot – und errötete dann noch einmal darüber, daß sie rot geworden war.

De Ferrières sah sie mit verzückten Blicken an. Dann richtete er sich zu seiner vollen Höhe auf und sagte mit einer unbeschreiblichen Gebärde überschwenglichen Stolzes:

»Gehen Sie, mein Kind, gehen Sie, und sagen Sie Ihrem Vater, daß Sie allein und unbeschützt in der Höhle der Armut und des Leidens gewesen sind, daß aber Armand de Ferrières zu Ihrem Schutze da war.«

Dabei öffnete er mit einer tiefen Verbeugung die Thür und ließ das junge Mädchen hinaus, ohne ihr die Hand zu bieten. Rosi, gleichzeitig verlegen und ergriffen, verabschiedete sich mit einem

»Gute Nacht«, das zwischen Lächeln und Thränen schwankte, und schlüpfte in den dunklen Gang hinaus.

Hoch aufgerichtet in ritterlicher Haltung blieb de Ferrières stehen, bis der Schall ihrer Fußtritte verklungen war; dann versuchte er, langsam die Thür zuzuziehen. Aber ein starker Arm hielt sie von außen fest und ein großer mit einem gestickten Morgenschuh bekleideter Fuß schob sich in die Spalte. Als die Thür nachgab, trat Abner Nott in das Gemach.

Viertes Kapitel.

Mit einem Schreckensrufe trat de Ferrières dem Eindringlinge entgegen und suchte ihm den Weg zu versperren – aber Nott besiegte den Widerstand des kranken Mannes mit gleichsam elementarer Gewalt, indem er nur einfach und langsam die große Hand aufhob und sie auf dessen Brust legte. Die Aermlichkeit des Raumes schien er gar nicht zu bemerken, ja es sah aus, als beachte er kaum seinen Bewohner. Mit zerstreutem Blicke und unbeweglichem Gesichte drängte er ihn nur nach dem Stuhle zurück, von welchem Rosi soeben aufgestanden war, und setzte ihn da nieder; dann nahm er selbst auf dem Kissenhaufen gegenüber Platz. Seine gewöhnlich an halbgares Fleisch erinnernde Gesichtsfarbe war jetzt von bläulicher Blässe, und sein finsterer ausdrucksloser Blick schien auf seinen Abmieter einen gewissen lähmenden Zauber auszuüben.

»Ich hätte Ihnen ja wohl hier auf der Stelle und ohne 'n Wort zu sagen, 's Lebenslicht ausblasen können,« sagte Nott endlich langsam. »Ich könnte Ihnen auch bei Ihren Gängen durch Montgomery Street, oder an sonst 'nen Orte, wo Platz is, 'nen Sechsläufigen abzufeuern, 'ne Kugel durch 'n Hirnkasten jagen, wie Johnson von Petaluma, der 'nen gewissen Flinn aufpaßte, als er am Sonntage aus der Kirche kam, und Johnson that das nur von wegen seiner Frau, die so zu sagen 'ne Frau aus zweiter Hand war. Ich hätte 's auch machen können, wie Walter von Contra Costa, der 'nen jungen Kerl aus Sacramento in demselbigten Augenblicke das Fell voll Löcher schoß, als dieser Walkers Tochter ›Gute Nacht‹ sagte. Ich hätte, wie gesagt, genau das oder 'was Aehnliches thun können, wenn's mir paßte. Aber 's paßt mir nich; denn wenn Sie und Flinn und der junge Kerl aus Sacramento auch alle von derselbigten Art sind, so is Rosi doch von 'ner anderen Sorte, als jene Weibsleute waren.«

»Mademoiselle ist ein Engel!« rief de Ferrières, indem er wie elektrisiert von seinem Sitze aufsprang. »Eine Heilige – und wer sie beleidigt, dem schlage ich die Worte in den eigenen Hals zurück.«

»Wenn Sie mit der Mamzell meine Rosi meinen, alsdann haben Sie ganz recht,« sagte Nott indem er seine mächtige Hand auf de Ferrières' Schulter legte und ihn langsam wieder auf den Stuhl niederdrückte. »Aber sie is noch keine Mamzell nich. Und was ich sagen wollte, war nur, daß ich Sie, wenn's für Rosi hätte 'nen Nutzen haben können, ja wohl tot geschossen hätte, wie 'nen tollen Hund.«

»Wenn es für sie geschähe! Da schauen Sie her!« rief de Ferrières wieder auf die Füße springend und seinen Rock mit beiden Händen aufreißend. »Schauen Sie her – da ist mein Herz. Schießen Sie!«

»'s is wie ich sage,« fuhr Nott fort, indem er den aufgeregten Mann abermals auf den Stuhl niederdrückte. »Ich hätte Ihnen 'nen Treff versetzen können, und Sie hätten sich vielleicht nich 'mal nich viel draus gemacht. Aber ich schätze, daß das keiner Sache nich is, bei der's auf mich oder auf Sie ankommt, sondern aber nur auf Rosi, und die alleinigte Frage is: Was is da zu thun?«

Dabei richtete er seine kleinen runden Augen zum erstenmal auf de Ferrières' Gesicht, wendete sie aber ebenso schnell wieder ab. Der ins Leere starrende Blick des alten Missouriers, welcher auf seinen Abmieter eine so lähmende Wirkung ausgeübt hatte, war, allem Anschein nach, nur aus dem festen Vorsatze hervorgegangen, de Ferrières Augen zu vermeiden, und aus einer abergläubischen Vorstellung von der geheimnisvollen Macht des Mannes, vor der er sich zu schützen suchte.

»Und wenn wir das auskalkeliert haben, hernach müssen wir noch auskalkelieren, was Rosi is und was Rosi braucht,« fuhr Nott fort, »Sie bilden sich vielleicht ein, Sie wüßten, was sie is? Vielleicht sind Sie ihr 'mal begegnet, wenn sie 'nen roten Samthut und weiße Atlasschuh und desselbigtengleichen mehr trug. Vielleicht haben Sie ihr auch 'mal dabei getroffen, daß sie Geschichten und Reisebeschreibungen nur so las, wie Wasser – aber das is noch lange nich meine Rosi. Was meine Rosi is, das is 'n kleines Kind, was auf den großen Salzfeldern, allwo meilenweit ringsum nichts nich weiter zu sehen war, als dem Alkalium, in 'ner Auswandererkarre aus und ein kroch – 's is 'n kleines Mädchen, das Hunger und Durst mit derselbigten Ruhe ausgehalten hat, wie sie anjetzt essen und trinken thut, so viel als ihr Herze begehrt – 'n kleines Mädchen, das auf seinem Laubsacke in dem Karren, auch wenn ringsum die wilden Indianer heulten, niemals nich mehr gezittert hat, als anjetzt in der schönen Kabine. Das is dasjenigte Mädchen, dem ich kenne. Das is meine Rosi, die meine Alte in der Nacht, allwo's ihr am schlechtsten ging, in meine Arme legte, indem daß sie sagte: ›Abner die Karre kann nich mehr weiter. Zieh das Kind gut auf, und wir werden schon alle gut 'nüber kommen, in die neue Heimat‹. Ich wußte aber, die neue Heimat, von der sie sprach, das war nich Kalifornien. Und so kam's ja wohl auch. – Sie ließ mich mit dem Kinde allein in dem Wagen. Und wenn ich mir alles so richtig überlege, so wäre 's ja doch wohl am besten, wenn ich Ihnen gleich allhier auf der Stelle den Garaus machte. Rosi wird's nur nich wollen.«

Dabei hatte er einen seiner riesenhaften Schuhe vom Fuße verloren, und als er sich bückte, um ihn wieder anzuziehen, setzte er ruhig hinzu:»'s kann aber doch auch nich sein, daß Sie ihr heiraten.«

Der Ausdruck äußerster Bestürzung, welcher sich bei diesen Worten auf de Ferrières' Gesicht malte, entging Notts abgewendeten Augen; auch schien er nicht zu bemerken, daß sich sein Zuhörer im nächsten Moment noch steifer aufrichtete und seine Krawatte zurecht rückte.

»Wenn Rosi,« fuhr er fort,»in den Reisen zu Wasser und zu Lande, über Frankreich und Italjen etwa von solchen Leuten, wie Sie einer sind, gelesen hat und kalkelieren sollte, daß Sie der Richtige wären, so könnte dasselbigte doch nur stattfinden, wenn Sie da drüben übern Wasser in 'nem Schlosse oder so 'was lebten, aber nich wenn Sie hier 'rüber kommen und in 'nem Schiffe wohnen, noch dazu wenn dieser selbigte Schiff ganz ruhig auf 'm Strande in San Francisco liegen thut; denn Sie passen hier nich ins Klima und sehen im ganzen ja wohl aus, wie 'ner Vogelscheuche. Sie paßten viel besser zu denen alten verschimmelten Ruinen in Rom und Palmyry, wo davon Rosi viel gelesen hat, als hierher in der Neuen Welt. Ich will damit nich sagen,« fuhr er fort, als sein Gegenüber einen Versuch machte, ihn zu unterbrechen,»ich will nich sagen, daß Rosi nich in Ihnen verschossen wäre – 's würde ja wohl nichts nich nützen, zu lügen und zu sagen, 's wäre nich wahr, daß Sie ihr lieber sind als ihr alter Vater und alle jungen Kerls von ihrer eigenen Art. Nein – ich habe das ja wohl längst gewußt, hatte 'ne Witterung davon, ehe ich ihr noch heute aus der Thür hier, 'naus schlüpfen sah. Na, reißen Sie sich nur die Haare nich aus,« fuhr er fort, als de Ferrières eine lebhafte abwehrende Gebärde machte.»Ich will ihr nich fragen, wie ofte sie schon hier gewesen is, und was Sie mit'ander gesprochen haben – ich will ihr nich fragen und Ihnen auch nich. Sie werden ja wohl die Priliminarjen abgemacht und ihr 'nen Ring gekauft haben, und was desselbigtengleichen mehr is. Ich will Ihnen nur fragen – wenn Sie nu doch wohl alle Trümpfe in der Hand haben – was soll ich Ihnen davor geben, wenn Sie dem Schiffe sogleich verlassen?«

Der Blick starrer Verwunderung, mit dem de Ferrières den Sprecher anstarrte, hatte wohl auch auf den nur von einem Gedanken beherrschten Nott Eindruck gemacht, wenn es nicht in dem System des Mannes gelegen hätte, die Augen in schonender Weise abzuwenden, um den Gegner nicht in seiner Berechnung und Ueberlegung zu stören.

»Pardon,« stammelte de Ferrières endlich, »Pardon – ich verstehe Sie nicht!« Und sich mit den Händen nach dem Kopfe fahrend, fügte er hinzu: »Ich bin nicht ganz wohl, fühle mich ganz verwirrt. Ah, *mon Dieu*!«

»Das glaube ich wohl,« fuhr Nott etwas milder fort, »glaub's ja wohl, daß Ihnen nich zum besten zu Mute is – 's is ja ganz natürlich. Aber Geschäft is Geschäft, und so muß ich Ihnen fragen,« setzte er hinzu, indem er eine mächtige Brieftafel aus der Brusttasche zog, »wieviel ich Ihnen anjetzt gleich und wieviel am nächsten Steamertage davor zahlen soll, wenn Sie Rosi laufen lassen und machen, daß Sie vom Schiffe fortkommen.«

Jetzt taumelte de Ferrières trotz der auf seiner Schulter liegenden Hand von seinem Sitze empor.

»Wenn ich Mademoiselle laufen lasse, und mache, daß ich fortkomme – haben Sie nicht so gesagt?« fragte er mit heiserer Stimme.

»Schätze, Sie haben mich verstanden, Mann,« entgegnete Nott, indem er sich zum erstenmal in dem elenden Raume umsah. »Sie können hier alles stehen und liegen lassen, wie Sie's gefunden haben, 's geht in eins hin. Ich nehme den Pferdehaaren zurück, und Sie brauchen nur zu sagen, was Sie vor Rosi und vor Ihrer verlorenen Zeit haben wollen.«

»Ich glaube er hat gesagt, ich solle gehen?« wiederholte sich de Ferrières mit erstickter Stimme.

»Wenn Sie mich meinen, wenn Sie sagen er, was ich wohl glaube, da ich keinen anderen Mann nich hier sehe, so is es so!« gab Nott zur Antwort.

»Und er, der Mann mit den Füßen und der Tochter, fragt, womit ich – de Ferrières – mich abfinden lassen will!« fuhr der Franzose fort, während er seinen Rock zuknöpfte. »Das alles ist kein Traum!«

Dabei schritt er steif und aufrecht nach der Ecke, in welcher sein Handkoffer stand, hob ihn auf, ging nach der in die Schiffswand geschnittenen, zu der äußeren Treppe führenden Pforte und riß sie weit auf. Ein dicker Nebel drang von draußen in den Raum.

»Sie fragen, was ich haben will, um zu gehen,« fügte de Ferrières auf der Schwelle stehen bleibend. »Ich nehme mit mir, was Sie mir nicht geben können, Monsieur, was ich aber verlieren würde, wenn ich einen Augenblick länger hier bliebe. Ich nehme meine Ehre mit mir, Monsieur, und – damit adieu!«

Die Umrisse der seltsamen Gestalt zeichneten sich noch einen Moment in der Thüröffnung gegen den Nebel ab, dann verschwand sie, als hätte ein unsichtbarer Ocean da unten sie verschlungen.

Verblüfft und durch diesen unerwartet schnellen Erfolg seiner Eröffnungen vollständig aus der Fassung gebracht, blieb Abner Nott sprachlos sitzen und starrte auf die leere Stelle, bis die Kälte des eindringenden Nebels ihn wieder zu sich brachte. Dann sprang er auf und schlurfte so schnell er konnte nach der Thür.

»He – Ferrers! Kommen Sie doch noch 'mal her! Warum haben Sie's denn so eilig, Kamerad?«

Aber er erhielt keine Antwort. Der dichte Nebel, welcher das Schiff einhüllte, schien selbst den Ton seiner Stimme zu verschlucken. Nach einer kurzen Pause schloß Nott die Thür, ohne sie indessen von innen zu verriegeln. Dann trat er in die Mitte der Koje und blickte auf die beiden Lichter nieder, während er die Lösung eines verblüffenden Rätsels aus seinem Barte pflücken zu wollen schien. Plötzlich schoß ihm ein Gedanke durch den Kopf. Rosi! Wo war sie? Vielleicht lag hier ein verabredeter Plan vor, und sie war mit dem Franzosen entflohen! Hastig blies Nott die Lichter aus und eilte nach der oberen Kajüte. Die Thür derselben war offen und er hörte drinnen Stimmen – die Renshaws und Rosis. Eine Last fiel von Notts Herzen; dennoch geriet er in Verlegenheit. Am liebsten hätte er seine Tochter heute abend gar nicht mehr gesehen – aber während er sich das noch sagte, stolperte er schon mit dem gewöhnlichen Ungeschick ins Zimmer. Rosi fuhr mit einem leichten Schrecken empor; Renshaws lebhaft bewegtes Gesicht nahm sofort wieder den Ausdruck innerer Unzufriedenheit an.

»Du kommst ja so leise wie ein Geist, Vater,« sagte Rosi mit einem Anflug von Gereiztheit, der bei ihr neu war. »Ich dachte, du wärst in die Stadt gegangen. Bitte bleiben Sie doch noch, Mr. Renshaw!«

Aber Mr. Renshaw fand, daß er Miß Notts Zeit schon allzusehr in Anspruch genommen, und vermutete, daß Mr. Nott allerlei mit seiner Tochter zu reden hätte. Zu seinem Unbehagen und Erstaunen bestand indessen Mr. Nott darauf, ihn nach seiner Koje zu begleiten und ließ sich auch an der Thür derselben durch Renshaws kaltes »Gute Nacht« nicht abhalten, einzutreten und das Schloß hinter sich einzuklinken.

»Vielleicht können Sie sich noch besinnen,« begann Nott mit verlegener Miene, »daß Sie dazumal, als Sie zuerst hierher kamen, ja wohl fragten, ob Sie nich der Koje kriegen könnten, in welcher selbigten der Franzose wohnte.«

»Nein, darauf besinne ich mich nicht,« entgegnete Renshaw ziemlich unfreundlich. »Aber,« fuhr er nach einer Pause mit der Miene eines Mannes fort, der sich nur ungern an eine unangenehme Sache erinnert sieht, »wenn ich's gethan habe – was soll's damit?«

»Nichts nich, als daß Sie ihr morgen kriegen können,« sagte Nott. »Der Franzose is ausgezogen – und 's schien mir im Anfange, als ob Ihnen 'was dran gelegen wäre.«

»Hm: wir wollen morgen weiter drüber sprechen,« entgegnete Renshaw; aber das bedrückte, ängstliche Wesen Notts fing an, dem jungen Manne aufzufallen und mit einem Anfluge von Humor fragte er seinen verlegen dastehenden Wirt: »Sagen Sie, warum haben Sie eigentlich das alte Schiff nicht längst verkauft, und haben nicht lieber eine anständige Wohnung in der Stadt genommen, um Ihre Tochter wie andere junge Damen erziehen zu lassen?«

Aber sogar diese Lästerung des geliebten Schiffes hinderte Nott nicht, der Frage wie gewöhnlich eine falsche Deutung zu geben.

»Schätze, Rosi hat anjetzt große Blasen im Kopfe; möchte ja wohl in 'nem Schlosse mit Ruinen wohnen – nich wahr?« fragte er schlau.

»Mir hat sie davon nichts gesagt,« gab Renshaw kurz zur Antwort. »Gute Nacht.«

Fest überzeugt, daß Rosi nicht imstande gewesen sei, ihre Träume von einer Zukunft als Schloßherrin an de Ferrières' Seite vor Renshaw zu verheimlichen, kam Nott in die Kabine zurück, und da sich Rosi, zu seiner nicht geringen Erleichterung, bereits in ihr Kämmerchen zurückgezogen hatte, suchte auch er sein Lager auf. Aber er fand keinen Schlaf. Er konnte die Gestalt de Ferrières', wie dieselbe in der Thür stand und dann draußen in Nebel und Finsternis verschwand, nicht loswerden, und gegen seinen Willen mußte er in seinen Gedanken den Franzosen durch die Gassen und Gäßchen der Stadt begleiten. Es stand für ihn felsenfest, daß derselbe mit geheimer, vielleicht übernatürlicher Kraft begabt sei – und welche tief angelegten, Abner Nott unbekannten Pläne verfolgte er vielleicht, um sich Rosis zu bemächtigen? Jetzt, nachdem der Mann nicht mehr unter dem Dache des Vaters weilte, hatte er ja die unbeschränkteste Freiheit, von seinen Künsten Gebrauch zu machen. »Er sagte ja wohl, seiner Ehre, die nähme er mit,« murmelte Abner in seine Kissen, »und wenn man dieselbigen Worte beim richtigen Lichte besieht, haben sie 'ne schlechte Bedeutung.«

Fünftes Kapitel.

Mit der kunstvoll erfundenen Fabel, durch welche Nott seiner Tochter das plötzliche Verschwinden de Ferrières' erklärte, hatte er mehr Glück als sonst, denn sie paßte zufällig zu allem, was Rosi von dem Franzosen wußte.

»Sagte, sein Doktor hätte 'm geraten, die Stadt sogleich zu verlassen, von wegen 'nem Fieberanfalle, und er wollte zu 'nem Freunde oben im Gebirge gehen,« berichtete Abner, der zwischen dem Wunsche schwankte, seine Zuhörerin zu beobachten und ihren Blick zu vermeiden.

»War's schlimmer mit ihm geworden – das heißt ich meine, sah er sehr krank aus?« fragte Rosi nachdenklich.

»Schätze, nicht gar zu sehr – aber 's würde jedenfalls schlimmer mit 'm geworden sein, wenn er nicht gleich gegangen wäre.«

»Hast du mit ihm – in – in seiner Koje gesprochen?« fragte Rosi eifrig.

Von der Antwort auf diese einfache Frage hing es ab, ob das Vertrauen zwischen Vater und Tochter in Zukunft wieder ein unbeschränktes sein durfte. Hatte er selbst die Entdeckung gemacht, wovon sein Abmieter lebte, so war Rosi der Verpflichtung des Schweigens enthoben; aber Notts Entgegnung ließ diese Hoffnung als eine vergebliche erscheinen, denn er paßte dieselbe, nach seiner gewöhnlichen Art, mehr der Frage an, welche sie, wie er sich einbildete, eigentlich zu stellen wünschte; das heißt der, ob er ihr Rendezvous von gestern abend entdeckt habe. Es widerstand aber seinem besonderen Zartgefühl, davon etwas zu wissen, und so bestätigte seine Antwort nur, daß ihm das einzige vorhandene elende Geheimnis, welches er so leicht hätte durchschauen können, unbekannt geblieben war.

»Ich habe etwa 'ner Stunde oder so 'was mit 'm gesprochen,« sagte er. »Wir unterhielten uns von Geschäften. Schätze wohl, er hat 'ne recht gute Spikulatschon mit denen Roßhaaren gemacht, denn er hat 'ne Kissenfabrik angelegt gehabt. Ich habe ihnen alle im vordersten Verschlage aufgestapelt, bis daß er danach schicken thut, alldieweil Mr. Rensham die Koje gemietet hat.«

Aber obgleich Mr. Rensham den Verschlag in der That gemietet hatte, schien er doch keine große Eile zu haben, ihn in Besitz zu nehmen. Er brachte einen Teil des Vormittags damit zu, bald mit ärgerlicher Miene in seinem Verschlage auf und ab zu schreiten, bald hinaus auf die Straße zu laufen, von wo er indessen immer bald wieder, wie es schien ohne einen rechten Zweck, zurückkam, wenn es nicht etwa der war, Rosi, welche mit einer Handarbeit beschäftigt vor der Thüre der Kambüse saß, flüchtig aus der Ferne anzusehen. Letzteres Beginnen war nicht unbemerkt geblieben und der ihn beobachtende scharfsichtige Nott, welcher sich überzeugt hielt, daß der junge Mann eine geheime und heftige Leidenschaft für Rosi gefaßt habe, fing bereits an, zu überlegen, ob es nicht seine Pflicht sei, ihn von ihrer Liebe zu dem Franzosen zu unterrichten, als Mr. Renshaws schließliches Verschwinden ihn zwang, diese Vertrauliche Mitteilung auf morgen zu verschieben.

Diesmal verließ Renshaw das Schiff offenbar mit einem feststehenden Entschlusse. Der junge Mann eilte schnell vorwärts, bis er das Geschäftslokal Mr. Sleights erreichte, wo man ihn sofort anmeldete und in ein kleines Privatgemach wies. Mr. Sleight, ein kurz angebundener, aber von keiner Leidenschaft bewegter Mann, trat gleich nach ihm ein.

»Nun, was Neues?« fragte Sleight, nachdem er die Thüre sorgfältig hinter sich zugezogen hatte.

»Nein,« entgegnete Renshaw kurz. »Ich komme nur, um Ihnen zu sagen, daß ich mit der Geschichte nichts weiter zu thun haben will.«

»Soll das heißen, weil Sie noch nichts gefunden haben?« fragte Sleight sarkastisch.

»Es soll heißen, daß ich noch gar nicht gesucht habe, und daß ich's ohne das Vorwissen und die Einwilligung des verd– alten Narren, dem das Schiff gehört, auch gewiß nicht thun werde.«

»So haben Sie, seitdem Sie mir diesen Brief geschrieben, Ihre Ansicht geändert?« fragte Sleight kühl, indem er das unseren Lesern bekannte Schreiben aus einer Schieblade hervorzog.

Renshaw streckte mechanisch die Hand nach dem Papiere aus – aber Mr. Sleight legte es wieder in den Kasten zurück und verschloß denselben ruhig und sorgfältig. Diese einfache Handlung färbte Mr. Renshaws Wangen mit einem dunkleren Rot, aber dasselbe verschwand sofort wieder und mit ihm jede Spur der anfänglichen Verlegenheit. Er blickte Sleight mit der Unbefangenheit eines resoluten Mannes an, welcher sich nach reiflicher Ueberlegung zu einem unangenehmen Schritte entschlossen hatte und nun bereit war, die Konsequenzen auf sich zu nehmen.

»Ja, ich habe meine Ansicht geändert,« sagte er kühl. »Es ist mir klar geworden, daß es ein ander Ding ist, wenn ein in seinem Fache bewanderter Prospektor ausgeht, um eine Mine zu untersuchen, deren Wert von der Schätzung ihrer Ergiebigkeit abhängt, als hinzugehen und den Spion im Hause eines armen Teufels zu spielen, zu dem Zwecke, ihm eine Sache abzukaufen, ohne daß jener weiß, was er eigentlich verkauft, und die er, wenn er's müßte, jedenfalls nicht verkaufen würde.«

»Eine Sache, deren Wert der frühere Verkäufer ebensowenig kannte, und welche der gegenwärtige Besitzer weder zu kaufen beabsichtigte, noch entsprechend bezahlte,« höhnte Sleight.

»Deren Wert wir aber kennen und die wir gerade auf Grund dieser unserer Kenntnis zu kaufen beabsichtigen, das ist der Unterschied.«

»Sie wußten dies ja alles schon früher.«

»Es erschien mir früher nicht in diesem Lichte!« entgegnete Renshaw. »Das ist mir erst aufgegangen, seitdem ich mit dem alten Narren, dem ich den schlechten Streich spielen wollte, unter demselben Dache lebe, und ganz klar ist's mir erst diesen Morgen geworden, nachdem er einen seiner Abmieter hinausgesetzt, um mir die Koje zu geben, die ich brauchte, um die Sache in aller Bequemlichkeit zu verfolgen. Als er das gethan hatte, faßte ich den Entschluß, die Geschichte fallen zu lassen, und bin gekommen, um Ihnen das zu sagen.«

»Um andere mit den versprochenen Prozenten anlaufen zu lassen, nicht wahr?« fuhr Sleight fort. »Ohne Zweifel haben Sie es doch auch für Ihre Pflicht gehalten, Nott zu warnen?«

»Sie wagen nur, mir das zu sagen, Sleight, weil Sie in jenem Schubfache einen Beweis meiner Thorheit und meines Vertrauens besitzen,« entgegnete der junge Mann ruhig. »Aber wenn Sie klug sind, werden Sie der einen wie dem anderen keine allzu starken Zumutungen stellen. Lassen Sie uns nochmals sehen, wie die Dinge eigentlich liegen. Durch die Erzählungen eines betrunkenen Kapitäns und eines meuterischen Matrosen kommen Sie zu der Ueberzeugung, daß in einem unbekannten Schiffe, welches hier in dem Hafen eingelaufen, ein herrenloser Schatz verborgen liege. Mit meiner Hülfe würden sich einige Thatsachen feststellen und vielleicht die Sicherheit gewinnen lassen, ob der Pontiac wirklich das fragliche Schiff ist, und so bieten Sie mir an, dies auf eigene Rechnung und Gefahr zu unternehmen. Ich gehe ohne Ueberlegung darauf ein – hätte ich die Sache in Ueberlegung gezogen, so würde ich abgelehnt haben, denn ich glaubte nicht, daß daraus für einen anderen, als etwa für mich selbst, Nachteile oder Verluste erwachsen könnten. Was aber Ihre Verdächtigung betrifft, so brauche ich Ihnen wohl nicht zu sagen, daß mein jetziges Hiersein dieselbe von vornherein widerlegt. Ich würde schwerlich Ihrer Erlaubnis bedürfen, um mit einem gutmütigen Narren wie Nott einen vorteilhafteren Handel abzuschließen, als mit Ihnen, oder, wenn ich das Geschäft zum Scheitern hätte bringen wollen, würde es sicherlich nur einer Mitteilung an das Mädchen bedurft haben –«

»An das Mädchen – welches Mädchen?«

Renshaw biß sich auf die Lippen, antwortete aber keck: »Die Tochter des alten Nott – ein armes Ding, das man um das Ihrige bringen würde, wenn man den Vater beraubte.«

Sleight sah seinen Verbündeten scharf und aufmerksam an.

»Das hätten Sie gleich und ohne so große Worte sagen können,« entgegnete er dann, »Sie haben den Alten und seine Tochter also an demselben Haken gefangen, und Ihre Karten, wie ich zugebe, für die kurze Zeit Ihres Dortseins verflucht gescheit gemischt – aber ich glaube doch, Ihr Spiel zu durchschauen, Dick Renshaw, und so sagen Sie nur gerade 'raus, um wieviel sich's handelt. Auf welche Summe haben Sie und das Mädchen sich geeinigt?«

Für einen Augenblick befanden sich Mr. Sleights gesunde Glieder in Gefahr, aber ehe er noch aufhörte zu sprechen, hatte Renshaws scharfer Sinn für das Lächerliche seine anfängliche Empörung so weit überwunden, daß er die vollständige Unempfänglichkeit seines Partners für moralische Bedenken sogar zu bewundern vermochte, und als er aufstand, um sich zu entfernen, war er fast erstaunt, daß er die Sache überhaupt hatte ernst behandeln können.

»Ich spiele kein verdecktes Spiel, sondern habe meine Karten offen auf den Tisch gelegt, Mann,« sagte er lächelnd. »Betrachten Sie mich als von Ihrem Unternehmen ausgeschieden und schicken Sie 'nen anderen an meiner Stelle hin, um den Pontiac zu durchstöbern. Ich gehe noch heute nach Sacramento. Adios.«

Nachdem sich die Thüre hinter ihm geschlossen, klingelte Sleight nach seinem Schreiber.

»Ist die Petition um die Planierung der Pontiacstraße fertig?« fragte er.

»Ich habe die Besitzer der größten Terrains und Häuser gesprochen, Sir, und dieselben warten nur darauf, daß Sie zuerst unterzeichnen.«

Mr. Sleight überlegte noch einen Augenblick, dann schrieb er seinen Namen unter die Petition, welche der Schreiber ihm vorlegte.

»Lassen Sie auch die übrigen Beteiligten unterzeichnen und sorgen Sie dafür, daß die Eingabe sogleich abgeschickt wird.«

»Und wenn Mr. Nott sich weigert, zu unterschreiben, Sir?«

»Thut nichts – wir werden ihn überstimmen.« Dabei griff Mr. Sleight nach seinem Hute.

»Der malayische Matrose, welcher schon neulich hier war, ist wieder da und wünscht Sie zu sprechen. Ich sagte ihm, daß Sie beschäftigt wären,« meldete der Schreiber.

»Schicken Sie ihn herein,« erwiderte Mr. Sleight, indem er seinen Hut wieder hinlegte. Dann setzte er sich an seinen Schreibtisch und schien vollständig in seine Bücher vertieft, als der Erwartete eintrat. Derselbe war von dunkler Hautfarbe und trug in Haltung und Kleidung die Nachlässigkeit des Seemanns zur Schau; nur die ungezwungene Offenheit, welche diesen Stand zu kennzeichnen pflegt, fehlte ihm.

»Nun?« fragte Sleight, ohne aufzublicken.

»Ich wollte nur fragen, ob Sie 'was Neues erfahren hätten, Boß,«[1] sagte der Mann.

»Neues?« wiederholte Sleight, wie zerstreut. »Neues – worüber?«

»Ueber die Geschichte mit dem Pontiac, Boß, über die wir sprachen,« gab der Matrose mit einer unangenehmen Untertänigkeit in dem Weißen seiner Augen und den blitzenden Zähnen zur Antwort.

»Ach, damit ist's nichts,« entgegnete Sleight. »Das war 'ne Ente, 'ne regelrechte Schiffergeschichte.«

Das Gesicht des Malayen wurde finster.

»Der Mann, welcher der Sache nachforschen sollte, hat den ganzen Spaß aufgegeben. Ich sage Euch – 's ist kein wahres Wort dran,« setzte Sleight hinzu, ohne aufzublicken.

»'s ist aber die reine Wahrheit – jedes Wort ist wahr,« versicherte der Matrose in schmeichelndem, eindringlichem und zugleich einen wilden Eifer verratendem Tone. »Sie können darauf schwören, Boß; ich würde mir nicht 'rausnehmen, einen Herrn wie Sie zu belügen. Ihr Mann hat entweder nicht richtig gesucht, oder – es müßte sein, daß–«

»Daß Eure Freunde schon dagewesen wären,« sagte Sleight langsam. »Wer kann das wissen? Bei Leuten Eurer Art –«

»Aber ehe ich's Ihnen sagte, hat außer mir kein Mensch 'was davon gewußt, das schwöre ich Ihnen bei Gott. Ich lüge nicht, Boß, und bin auch nicht betrunken. Geben Sie die Sache nicht auf, Boß. Ihr Mann glaubt nicht dran, weil er nichts davon weiß, und deshalb findet er auch nichts. Ich – ich würd's schon finden.«

Mr. Sleight schwieg und schien tief in seine Bücher und Papiere versunken; nach einigen Sekunden blickte er auf, sah den Malayen an, schrieb dann einige flüchtige Zeilen auf ein Papier, faltete dasselbe, versah es mit Adresse und lehnte sich, das Briefchen zwischen zwei Fingern haltend, in seinen Stuhl zurück.

---

[1] Von dem holländischen Baas – Herr, Meister. Anm. d. Uebers.

»Wenn Ihr diese Zeilen meinem Manne bringen wollt, nimmt er die Sache vielleicht nochmals auf,« sagte er kühl. »Aber merkt wohl – ich sage nicht, daß er's bestimmt thun wird. Er will heute abend noch nach Sacramento; indessen wenn Ihr gleich hingeht, könnt Ihr ihn noch treffen. Ich glaube, er hat sich auf dem Schiffe eingemietet. Wenn Ihr etwa warten müßt, könnt Ihr inzwischen Eure eigenen Augen brauchen – versteht Ihr?«

»Gewiß, Boß, gewiß,« entgegnete der Matrose, indem er sich bemühte, einen Blick seines Auftraggebers zu erhaschen. Aber es war vergeblich. Mr. Sleight sah starr vor sich hin und der Malaye schritt der Thüre zu.

»Das Boot nach Sacramento geht um neun Uhr ab,« bemerkte Sleight ruhig.

Diesmal begegneten sich ihre Augen und in denen des braunen Mannes blitzte ein Strahl des Verständnisses auf. Im nächsten Moment war er fort und Mr. Sleight vertiefte sich wieder in seine Papiere.

Währenddem verfolgte Renshaw seinen Weg nach dem Pontiac mit jenem leichtherzigen Optimismus, welcher schon in der Abschiedsscene mit Sleight zu Tage getreten war. Gerade diese Eigenschaft seiner Natur, vielleicht genährt durch die bequemen Verhältnisse des Landes, in dem er lebte, hatte ihn mit Sleight in Verbindung gebracht, aber sie hatte in diesem Verkehre gelitten und mancherlei Trübung erfahren, und erst jetzt, nachdem die Verbindung gelöst war, kehrte sie ihm voll wieder. Es kam ihm gar nicht in den Sinn, daß er sich in der selbstsüchtigsten Weise aus der Verlegenheit geholfen hatte – im Gegenteil schien es ihm vollkommen hinreichend, sich von einer Sache, die ihm unehrenhaft erschien, zurückzuziehen, und es fiel ihm nicht ein, zu Nutz und Frommen anderer seine bisherigen Partner zu verraten. Er war entschlossen gewesen, Verluste zu erleiden und sich sogar einem schmählichen Verdachte auszusetzen, um nicht in seiner eigenen Achtung zu sinken – aber mehr konnte er nicht thun, wenn er nicht ebendiesen Verdacht rechtfertigen wollte. Der Gesichtspunkt, von welchem aus Sleight die Sache betrachtete, war – dagegen ließ sich nichts sagen – ohne Zweifel der der meisten Geschäftsleute; sogar der so wenig geschäftskundige Nott hätte ihn wahrscheinlich zu dem seinigen gemacht, und wer weiß, ob nicht selbst das Mädchen in Versuchung gekommen wäre, sich damit einverstanden zu erklären. Gewiß, es blieb ihm nichts übrig, als den Pontiac und seinen Eigentümer – den zu warnen ihm seine Ehre nicht gestattete – ihrem Schicksale zu überlassen. Zudem war dies Schicksal überhaupt noch sehr fraglich. Es war noch gar nicht ausgemacht, daß sich der Schatz noch in dem Schiffe befand, und ebensowenig wußte man, ob Nott geneigt sein würde, das Fahrzeug zu verkaufen. So wollte er sich denn bei Nott mit einigen Worten entschuldigen – er lächelte bei dem Gedanken, daß sein Name die lange Liste der ausgetretenen Abmieter Notts um eine Nummer verlängern werde – wollte von Rosi Abschied nehmen und dann mit dem Abendschiffe nach Sacramento gehen. In diesen festen Entschlüssen stieg er jetzt die nach dem Mittelgange führende Treppe leichteren Herzens hinauf als das erste Mal, da er das Schiff betreten.

Nott war, wie es schien, nicht daheim, und nach einem flüchtigen Blicke durch die halboffene Kajütenthüre begab sich Renshaw nach der Kambüse. Aber er fand auch Miß Rosi nicht an ihrem gewöhnlichen Platze und mit einem Gefühl der Enttäuschung, das in keinem Verhältnisse zu einer so geringfügigen Ursache stand, ging er nach seiner Koje. Eben wollte er die Thüre hinter sich zuziehen, als das Rauschen eines schleppenden Frauengewandes im Mittelgange seine Aufmerksamkeit erregte. Dies Geräusch war so verschieden von dem, welches Rosis Kleider sonst hervorbrachten, daß er mit der Hand auf dem Thürschlosse stehen blieb. Das Rauschen kam näher und im nächsten Augenblicke schwebte eine weißverschleierte Gestalt in langem, schleppendem Gewande an dem jungen Manne vorüber. Sein Blut stockte einen Moment in halb abergläubischem Schrecken. Während die Gestalt weiterschritt und in der Kajüte verschwand, vermochte er nur so viel deutlich zu erkennen, daß es die einer schönen, anmutigen Frau war – sonst nichts. Bestürzt und neugierig zugleich, vergaß er sich so weit, ihr zu folgen und in die Kabine einzutreten. Die Gestalt drehte sich um, stieß einen leisen Schrei aus, schlug den Schleier zurück und zeigte ihm Rosis halb erschrockenes, halb verlegenes Gesicht.

»Ich bitte um Entschuldigung – ich wußte nicht, daß Sie es waren,« stammelte Renshaw.

»Ich probierte nur einige von diesen Sachen,« sagte Rosi, ihre Fassung wieder gewinnend, indem sie auf einen offenen Koffer deutete, welcher augenscheinlich Theatergarderobe enthielt. »Vater schenkte mir die Kleider schon vor langer Zeit, und ich wollte sehen, ob sich irgend etwas davon brauchen ließe. Ich dachte, ich wäre allein im Schiffe, glaubte dann aber ein Geräusch zu hören und ging hinaus, um zu sehen, was es wäre. Wahrscheinlich sind Sie es gewesen.«

Dabei erhob sie ihre klaren Augen mit einem leisen Anfluge weiblicher Zurückhaltung, der aber so fern von jeder gewöhnlichen Eitelkeit oder Koketterie war, daß Renshaw nur noch verlegener wurde. Dazu schien ihr das keiner der jetzigen Moden angehörende, aber reiche und dabei einfache Kostüm eine gewisse vornehme Haltung und einen Anstand zu geben, welche er bis jetzt nicht an ihr wahrgenommen hatte. Er erblickte plötzlich etwas in ihr, was ihr gegenseitiges Verhältnis vollständig veränderte und ihn stumm, verwirrt und befangen vor dem Mädchen stehen ließ, welches in dieser Kabine häuslich waltete und in der Kambüse kochte. Der Streich, den er ihrem Vater hatte spielen wollen und den er in seiner Gedankenlosigkeit bis dahin für einen der gewöhnlichen im Geschäftsverkehr erlaubten Kniffe gehalten hatte, nahm in seiner erregten Phantasie jetzt die Gestalt eines an ihr begangenen Raubes an.

»Sie haben jetzt Ihre Revanche für den Schrecken, welchen ich Ihnen vor einiger Zeit bereitete, denn ich habe mich, als Sie vorüberhuschten, beinahe gefürchtet,« sagte er noch immer verlegen. »Ich fing schon an, zu glauben, es spuke auf dem Pontiac, und hielt Sie für einen Geist. – Freilich wüßte ich nicht recht, warum solch ein Geist jemand erschrecken sollte,« fügte er mit einem verzweifelten Versuche, seine Stellung durch Galanterie wieder zu gewinnen, hinzu. »Aber nun lassen Sie uns einmal sehen – ist das nicht das Kostüm der Doña Elvira?«

»Ich glaube nicht, daß die arme Dame so hieß,« entgegnete Rosi. »Sie starb, glaube ich, in New Orleans als eine Signora so und so am gelben Fieber.«

Ihre Unwissenheit schien Mr. Renshaw so rührend, daß er zögerte, ihr zu erklären, Doña Elvira sei eine Opernfigur.

»Ist es nicht schrecklich, die Kleider der armen Person anzuziehen?« fuhr Rosi fort.

Mr. Renshaws Augen drückten so deutlich die entgegengesetzte Meinung aus, daß das Mädchen sich mit etwas strengerer Miene nach der Thür ihres eigenen Zimmerchens zurückzog.

»Ich muß die Sachen ablegen, ehe jemand kommt,« sagte sie.

»Das heißt, ich soll gehen,« erwiderte der junge Mann. »Aber wollen Sie mir nicht vielleicht erlauben, draußen im Gange zu warten, bis Sie sich umgekleidet haben, Miß Nott? Ich reise noch diese Nacht ab und sehe Sie vielleicht nicht wieder.« Er hatte dies nicht sagen wollen, aber es schlüpfte ihm in der Verlegenheit über die Lippen. Sie blieb mit der Hand am Thürschlosse stehen.

»Sie wollen fort?«

»Ich glaube – ich muß noch heute fort. Ich habe wichtige Geschäfte in Sacramento.«

Sie erhob ihre klaren Augen, und der nicht zu verkennende Ausdruck des Bedauerns, der sich in ihrem Blicke aussprach, ließ sein Herz plötzlich höher aufschlagen und trieb ihm das Blut ins Gesicht.

»Das ist zu schade,« sagte Rosi, wie einer unwillkürlichen Regung folgend. »Kein Mensch scheint lange hier bleiben zu wollen. Kapitän Bower hatte versprochen, mir allerlei von dem Schiffe zu erzählen, und nach acht Tagen reiste er ab. Der Photograph ging, ehe er noch das Bild des Pontiac vollendet hatte, Monsieur de Ferrières hat uns soeben verlassen, und nun gehen Sie auch.«

»Vielleicht weil ich hier nichts mehr zu suchen habe,« entgegnete er mit einer Bitterkeit, die er schon im nächsten Augenblicke bereute. Aber Rosi schien nicht darauf zu achten.

»Ich werde nicht lange sein,« sagte sie mit einem leichten Seufzer, trat in ihr Kämmerchen und zog die Thür hinter sich zu.

Renshaw biß sich auf die Lippen und zog an seinem langen, seidenen Schnurrbarte, bis er schmerzte. Warum war er nicht gleich gegangen? Wozu war es nötig, daß er sagte, er würde sie vielleicht nicht wiedersehen – und – wenn er es nun einmal gesagt hatte – was wollte er nun noch weiter hier? Wozu erwartete er ihre Rückkehr? Vielleicht um ihr zu erklären, daß er nicht sei, wie Kapitän Bower, der Photograph oder der verrückte Franzose? Oder wollte er ihr etwa, nur um etwas zu sagen, erzählen, daß er vor einer Verschwörung davonlaufe, welche den Zweck hatte, ihren Vater zu beschwindeln? Konnte man sich etwas Thörichteres denken? Rosi blieb, wie sie versprochen hatte, nicht lange aus, dennoch hatte er bereits begonnen, ungeduldig in der engen Kabine auf und ab zu schreiten, als sich die Thür öffnete und sie erschien.

Sie hatte ihr gewöhnliches Kattunkleidchen wieder angelegt, aber der Eindruck, den sie vorhin auf Renshaw gemacht, war ein so tiefer, daß es ihm schien, als trage sie das ärmliche Gewand mit einer ganz neuen Anmut. Unter anderen Umständen hatte er vielleicht bemerkt, daß diese Veränderung auf Rechnung eines neuen Korsetts zu setzen war, welches Rosi – unsere strenge Wahrheitsliebe entreißt uns das Geständnis – an diesem Morgen zum erstenmal angelegt hatte. Wie dem aber auch sei – der leichte Anflug von Koketterie schien vorüber, denn sie schloß den Koffer mit ihrer gewöhnlichen zerstreuten Miene, setzte sich darauf, stemmte die Ellbogen auf die Knie und stützte ihr ovales Kinn in die Hände.

»Wollen Sie mir eine Gefälligkeit erzeigen?« fragte sie nach einer kurzen Pause.

»Lassen Sie mich wissen womit, und es soll geschehen,« gab Renshaw eifrig zur Antwort.

»Wenn Sie Monsieur de Ferrières irgendwo begegnen oder von ihm hören sollten, so bitte ich Sie, es mir mitzuteilen. Er war recht krank und schwach, als er das Schiff verließ, und es würde mir lieb sein, zu hören, ob es ihm besser geht. Er hat nicht hinterlassen, wohin er ging, wenigstens hat es Vater nicht gesagt; aber ich glaube, sie mochten sich nicht leiden.«

»Ich werde mich freuen, Sie wenigstens auf diese Weise an mich erinnern zu dürfen,« erwiderte Renshaw mit einem schwachen Versuch, zu lächeln, »Ich glaube übrigens, daß es keine Schwierigkeiten haben würde, über Ihren Freund Kunde zu erhalten, denn alle Leute scheinen ihn zu kennen.«

»Aber es kennt ihn niemand so gut wie ich,« sagte Rosi, wie in der Zerstreuung seufzend.

Mr. Renshaw blickte sie mit seinen braunen Augen scharf an. Hatte er sich geirrt? War dies seltsame Mädchen vielleicht nur eine kleine Kokette, welche Lust hatte, ihr Spiel mit ihm zu treiben?

»Sie sagten mir eben, Monsieur de Ferrières und Ihr Vater hätten sich nicht gemocht; soll das vielleicht heißen, daß Sie und der Franzose sich gerne mochten, und war Ihr Vater ihm deshalb abgeneigt?«

»Ich glaube nicht, daß Vater etwas davon wußte,« sagte Rosi einfach.

Mr. Renshaw stand auf. Hatte er gewartet, um das zu hören!

»Vielleicht,« sagte er bitter, »wünschen Sie auch Nachricht über Kapitän Bower und den Photographen zu haben, oder vertrug sich ihr Vater mit denen besser?«

»Nein,« entgegnete Rosi ruhig. Dann schwieg sie einen Moment und fuhr endlich, die Augen voll zu ihm aufschlagend, fort: »Vater schien Sie immer sehr gern zu haben, und darum –« sie stockte.

»Darum hatten Sie mich nicht gern?«

»Das habe ich nicht gesagt,« gab sie, mit einer ihrem heißen Erröten widersprechenden Kälte zur Antwort. »Ich wollte nur sagen, daß es mir deshalb um so mehr leid thut, wenn Sie gehen.«

Renshaw setzte sich, seinem eben gefaßten Entschlusse entgegen, wieder auf den Stuhl nieder. Verwirrt, erfreut und von dem Wunsche beseelt, mehr gesagt zu haben – oder auch weniger – sagte er gar nichts, und Rosi sah sich gezwungen, fortzufahren:

»'s ist ein seltsamer Zufall –« setzte sie hinzu, »aber Vater forderte mich diesen Morgen auf, einige Freunde auf unserem alten Viehhofe zu besuchen. Ich hatte es gar nicht verlangt, und wäre viel lieber hier geblieben.«

»Aber Sie können sich doch nicht für immer hier einkerkern, Miß Nott,« sagte Renshaw in einem Ausbruche aufrichtiger Begeisterung, »Früher oder später müssen Sie anderswohin gehen, wo man Sie nach Ihrem wahren Werte schätzen, wo man Sie bewundern und Ihnen huldigen wird – wo Ihre Wünsche Befehle sind. Glauben Sie mir – ich sage es, ohne Ihnen schmeicheln zu wollen – Sie kennen Ihre eigene Macht nicht.«

»Sie scheint doch nicht stark genug, um auch nur die wenigen Menschen, die ich gern habe, hier festzuhalten,« entgegnete Rosi mit einem feuchten Schimmer im Auge. »Doch,« fuhr sie dann hastig fort, »Sie wissen gar nicht, was das alte liebe Schiff mir ist. Es ist die einzige Heimat, die ich je besaß.«

»Aber der Viehhof?« fragte Renshaw.

»Der war nicht viel besser als der alte Auswandererwagen – 's war wenig Unterschied,« gab Rosi mit einem kleinen Schauder zur Antwort. »Hier aber ist's so heimlich und huschelig und dabei doch so fremdartig und apart. Wissen Sie, ich glaube, ich habe erst recht angefangen, den Pontiac lieb zu haben, seit Sie mir so viele Seegeschichten und Reiseabenteuer erzählten. Bis dahin hatte ich alles nur aus Büchern gelernt, und ich denke, Bücher täuschen einen mehr als Menschen. Glauben Sie nicht auch?«

Allem Anschein nach bemerkte Rosi weder Renshaws Erröten, noch das plötzliche Niederschlagen seiner Augen, denn sie fuhr im Tone unbegrenzten Vertrauens fort: »Ich habe gestern viel an Sie gedacht. Ich saß vor der Küchenthür und erinnerte mich daran, wie ich erschrak, als Sie damals so unvermutet aus der Kabelgatsluke heraufkamen.«

»Ich wollte, Sie dächten daran nicht mehr,« sagte Rensham eifriger, als er eigentlich wollte.

»Ich möchte 's lieber auch nicht,« erwiderte Rosi ernsthaft, »denn es erinnert mich an ein Bild, das ich 'mal, als ich noch jünger war, gesehen habe. Ich glaube es hieß ›Der Pirat‹ und es waren eine Menge greulich aussehender Seeleute darauf abgebildet, die auf dem Deck umherlagen, und aus der Kabelgatsluke stieg einer herauf, der sich mit den Händen am Rande anhielt und ein großes Messer im Munde hatte.«

»Ich danke Ihnen!« rief Renshaw.

»Sie dürfen mich nicht mißverstehen,« fuhr das Mädchen eifrig fort. »Der Pirat sah gräßlich aus und war Ihnen gar nicht ähnlich. Ich dachte auch nicht an das Bild, als Sie damals aus der Luke kamen; aber neulich 'mal, als ich da oben saß, mußte ich denken, wie gräßlich es gewesen wäre, wenn anstatt Ihrer ein solcher Mensch da heraufgestiegen wäre, und der Gedanke kommt mir nun manchmal, wenn ich ganz allein bin. Und ich glaube fast, Vater hat auch solche Gedanken, denn er steht in der Nacht oft heimlich auf und geht im Schiffe herum, als ob er Wache hielte.«

Renshaws Gesicht wurde zusehends finsterer. Hatte ihn Sleight etwa bemißtraut und ihn überwachen lassen – oder hatte er das Geschäft gleichzeitig mehreren übertragen?

»Vater denkt sich nämlich,« fuhr das Mädchen mit einem leichten Lächeln fort, »das Schiff würde von irgend jemand umschlichen, und spricht davon, Fuchseisen zu legen. – Ich hoffe, Sie haben's mir nicht übelgenommen, daß ich so thörichterweise sagte, Sie erinnerten mich an den Piraten,« fügte sie hinzu, als sie plötzlich bemerkte, wie sehr sich Mr. Renshaws Gesichtsausdruck verändert hatte. »Ich meinte wirklich nichts Schlimmes damit.«

»Ich glaube, Sie sind gar nicht fähig, etwas schlimm zu meinen und anders als gut von den Menschen zu denken, Miß Nott,« entgegnete Renshaw mit einem plötzlichen Gefühlsausbruch. »Vielleicht denken Sie auch von mir besser, als ich verdiene. Ich möchte Sie bitten, mir einen Gefallen zu thun, wie Sie mich ja eben auch um einen solchen baten (dabei hatte er ihre beiden Hände ergriffen, und diese Bewegung erschien nur als eine solche natürliche Verstärkung seiner eifrigen Worte, daß sie ihm dieselben ruhig überließ), Sie müssen mir etwas versprechen. Ihr Vater pflegt ja alle seine Geschäftsangelegenheiten mit Ihnen zu beraten – wenn man ihm ein Gebot auf das Schiff thun sollte, wollen Sie mir Nachricht davon geben, ehe ein Abschluß erfolgt?« Dabei schossen ihm Sleights Worte: »Auf welche Summe haben Sie und das Mädchen sich geeinigt?« durch den Kopf. Er krümmte sich innerlich darunter und bemerkte dabei kaum, daß Rosi ihre Hand kalt zurückgezogen hatte.

»Vielleicht wäre es besser gewesen, Sie hätten mit meinem Vater darüber gesprochen, denn das ist seine Sache,« bemerkte sie. »Außerdem bin ich vielleicht, wenn der Fall eintritt, gar nicht hier, sondern draußen auf dem Viehhofe.«

»Aber Sie sagten ja, Sie hätten keine Lust, dorthin zu gehen?«

»Ich habe mich anders besonnen,« entgegnete Rosi. »Ich werde noch heute abend hinausfahren.«

Dabei stand sie auf, wie um ihm anzudeuten, daß die Unterredung zu Ende sei. Mit dem überwältigenden Gefühle, daß sein ganzes künftiges Glück von den nächsten Augenblicken abhänge, trat Renshaw mit ausgestreckten Händen einen Schritt auf sie zu. Aber mit warnender Gebärde hob sie die Rechte.

»Ich höre Vater kommen, und Sie haben die beste Gelegenheit, Ihre Geschäftssachen selber mit ihm zu besprechen,« sagte sie, indem sie hinter der Thür ihres Kämmerchens verschwand.

Sechstes Kapitel.

Gleich darauf ließ sich der dröhnende Schritt Abner Notts draußen auf dem Gange vernehmen, und als er eintrat, stand Renshaw
noch immer verwirrt und verlegen an der Thür, welche sich hinter
Rosi geschlossen. Das Schicksal, welches Mr. Notts natürliche Anla-
ge, alles mißzuverstehen, bei jeder Gelegenheit förderte, ließ dem
scharfsinnigen Vater auch diesmal nur eine Erklärung der Situation.
Rosi hatte Renshaw soeben erklärt, daß sie einen anderen liebte!

»Ich habe soeben von Miß Nott Abschied genommen,« sagte der
junge Mann, welcher seine Fassung nur durch eine energische Anstrengung wieder gewann. »Ich reise noch heute abend nach Sacramento und komme wahrscheinlich nicht zurück. Ich –«

»Natürlich, natürlich,« unterbrach ihn Nott in beschwichtigen-
dem Tone, »Das sagen Sie wohl anjetzt und nehmen sich's ja wohl
auch vor. Alle sagen ja, sie gingen nach Sacramento.«

»Was ich Ihnen eigentlich mitteilen wollte, ist, daß ich Sie bitte,
die Anzahlung welche ich gemacht habe, zu behalten und sich
dadurch für die Verluste zu entschädigen, welche Sie durch mein
Weggehen erleiden,« erwiderte Renshaw, der bei Notts Worten, die
er für eine Hindeutung auf dessen früher ohne Zahlung ausgetrete-
ne Abmieter hielt, rot geworden war.

»Gewiß, gewiß,« fuhr Nott fort, indem er seine Hand mit väterlicher Miene auf die Schulter des jungen Mannes legte. »Aber man
muß die Pferde niemals nich mitten im Flusse schwemmen wollen.«
Und nachdem er dem jungen Manne einen vorbereitenden Wink
gegeben, setzte er mit so lauter Stimme, daß ihn Rosi jedenfalls
hören und verstehen mußte, hinzu: »Kommen Sie, Mr. Renshaw,
wir wollen unsere Rechnung in Ihrer Koje und gleich anjetzt ins
reine bringen.« Dabei schob er den jungen Mann in derselben väterlichen Weise, noch immer die Hand auf seiner Schulter, aus der
Thür der Kabine und folgte ihm hinaus auf den Gang.

Renshaw, welchen diese Vertraulichkeit einesteils belästigte, an-
derenteils – als Bestätigung der Ansicht Rosis, daß ihr Vater eine
Vorliebe für ihn gefaßt habe – doch nicht gerade unangenehm war,
ging verwundert vor ihm her. Nott schloß die Thür, drängte den

jungen Mann nach einem Stuhle und setzte sich ihm gegenüber bequem auf den Tisch.

»'s is ja wohl« ganz gut, daß Rosi denkt, wir wären hier zusammen, um unsere Rechnung zu machen,« begann er dann mit schlauer Miene, »und 's kann ja wohl auch sein Gutes haben, wenn sie denkt, Sie hätten wirklich vor, auf und davon zu gehen.«

»Aber ich gehe auch,« unterbrach ihn Renshaw ungeduldig. »Ich reise noch diesen Abend ab.«

»Gewiß, gewiß,« wiederholte Nott in der früheren väterlichen Weise. »Das is es, was Sie sich auskalkeliert hatten, und was wohl auch für 'nen jungen Menschen ganz und gar natürlich is. Dazumal als ich noch 'n junger Kerl war, hätte ich dasselbigte gethan, wenn 'mal mit Rosis Mutter so was passiert wäre, was aber niemals nich der Fall war. Nich etwa, daß Jane nich viele um sich 'rum gehabt hätte, die ihr nachliefen, aber außer dem alten Richter Peter, der vom Kriege von Anno 1812 her 'n lahmes Bein hatte, war so was Aehnliches ja wohl nich dabei.«

»Ich verstehe nicht, welche Aehnlichkeit Sie finden, Mr. Nott,« entgegnete Renshaw, der zwischen dem aufdämmernden Gefühl einer über ihm schwebenden Lächerlichkeit und der wachsenden Leidenschaft für Rosi hin und her schwankte. »Wenn Sie mir aber etwas zu sagen haben, so sprechen Sie sich um Gottes willen aus!«

Mr. Nott beugte sich vorwärts und legte seine breite Hand wieder auf die Schulter des jungen Mannes.

»Das war's ja wohl grade, was ich zu mir selbsten sagte, als ich's wegkriegte, wie die Geschichte stand. Sprich dich aus, Abner! sagte ich zu mir selber – sprich dich aus, wenn du 'was zu sagen hast. Und darauf können Sie sich verlassen, Mr. Renshaw, Abner Nott is nich derjenigte, welcher sich in dem Busen von dem Schiffe 'nes anderen Mannes einschleichen thäte. Er is nich derjenigte, welcher 'rumschnüffelte, bis er den Schatz 'nes armen Mannes auskundschaftert hätte, und hernach versuchte, ihm selbigten zu stehlen, und –«

»Halt!« rief Renshaw mit finsterem Gesicht. »Halt! Von welchem Schatze und von welchem Manne reden Sie da?«

»Na, von Rosi und Mr. Ferrers,« gab Nott einfach zur Antwort.

Renshaw ließ sich wieder auf den Stuhl niederfallen – aber der Ausdruck von Erleichterung, welcher sich einen Moment über sein Gesicht verbreitet hatte, verschwand bald wieder und machte dem einer peinlichen Aufmerksamkeit Platz, als Nott fortfuhr:

»'s is vielleicht 'n bißchen zu hoch gegriffen, wenn ich Rosi 'nen Schatz nennen thu'; aber wenn Sie bedenken, Mr. Renshaw, daß sie das einzigste Eigentum is, das ich seit den letzten siebzehn Jahren nich aus 'n Händen gegeben habe, und das immer an Wert gewonnen hat, und immer seine guten Zinsen getragen hat, so werden Sie hernach ja wohl finden, daß es nich zu viel gesagt is, wenn ich ihr so nenne. Und dieser Ferrers mußte das, und hatte zufrieden sein können, daß er mich in der Geschichte mit denen Roßhaaren übers Ohr gehauen hatte, und hätte nich auch noch auf meine Rosi zu spikulieren brauchen. Vielleicht thun Sie sich wundern, daß ich von meinem eigenen Fleisch und Blut ja wohl rede, als ob ich von 'nem Pferdehandel sprechen thäte, aber wir beide, Sie und ich, Mr. Renshaw, wir sind Geschäftsmänner, und sprechen wie Geschäftsmänner. – Wir drücken uns ja wohl nich um 'ne Sache 'rum und machen keine schönen Redensarten nich,« fuhr Nott fort, während seine Stimme sowie die Hand, welche noch immer auf der Schulter des jungen Mannes ruhte, leise bebte. »Wir sind nich von denjenigten, welche hintreten und singen: ›Du liebst nun einen anderen brachst deiner Treue Schwur und ich muß einsam wandern mein Herz trägt Kummer nur wie traurig ist's zu scheiden wie schwer mir dich zu meiden doch bleib' ich treu im Leiden leb wohl, leb wohl, leb wohl‹, – Sie haben selbigtes Lied wohl niemals nich von Jim Baker in der Musikhalle unten in Dupont Street singen hören, Mr. Renshaw?« fragte Nott begeistert, nachdem er sich von dem vollständigen Mangel an Interpunktion erholt hatte, mit dessen Hilfe allein sich ihm Verse einprägten. »Pumpte einem immer 's Wasser in die Augen.«

»Aber was hat denn Miß Nott mit Monsieur de Ferrières zu thun?« fragte Renshaw.

Mr. Nott sah den jungen Mann mit seinen kleinen runden Augen starr vor Verwunderung an.

»Hat sie Ihnen selbigtes denn nich gesagt?« fragte er endlich.

»Sie hat mir nichts gesagt.«

»Hat gar nich von 'm gesprochen?« fuhr Nott mit versagender Stimme fort.

»Sie sagte nur, es wäre ihr lieb zu erfahren –« der junge Mann verstummte, denn es kam ihm plötzlich zum Bewußtsein, daß er im Begriff stand, Rosis Vertrauen zu verraten. Das dunkle Gefühl einer neuen Hinterlist, an welcher selbst der junge Mann vor ihm teilhatte, lähmte Notts ohnehin schwerfälliges Begriffsvermögen noch mehr.

»So hat sie Ihnen gar nich gesagt, daß sie und Ferrers 'n Techtelmechtel mit'nander hatten – daß sie mit'nander versprochen waren, und wie ich kalkeliere, ja wohl mit'nander durchbrennen wollten, nach 'nem fernen Lande, und daß sie sich mehr aus 'm macht, als aus dem Schiffe und aus ihrem alten Vater?«

»Nein, das hat sie mir nicht gesagt und ich würde es auch nicht geglaubt haben,« entgegnete Renshaw rasch.

Nott lächelte. Er freute sich, denn der Ausruf hatte ihm die gewöhnliche Zuversicht und das feste Vertrauen der Liebe und Jugend verraten. Hier, das war klar, fand keine hinterlistige Täuschung statt. Renshaw bemerkte das Lächeln und seine Stirn verfinsterte sich.

»'s freut mich, daß Sie das sagen, Mr. Renshaw,« begann Nott von neuem, »'s is aber ja wohl auch nich mehr, als was meine Rosi verdient, 's war ja was ganz Unnatürliches, so was, wie 'ne Art von Zauber, den Ferrers auf ihr ausübte, 's war gar nich meine Rosi. Aber, das is so wahr wie's Evangelium – mag es sein, daß sie behext gewesen is, oder daß die verdammten dummen Geschichten, die sie liest, dran schuld sind – der alte Gimpel wäre ja wohl imstande ihr zu schreiben und Verabredungen mit ihr zu treffen, und sie – sie is ja wohl sehr stolz auf ihn. Sie haben heimliche Zusammenkünfte gehabt, und als ich ihn darüber zur Rede stellte, hat er's auch so gut wie zugegeben. Da dachte ich denn, 's wäre besser, ihn vor der Thüre zu setzen, ehe daß er ihr entführen könnte. Sie verstehen ja wohl, ›in allen Ehren‹; selbigtes waren seine eigenen Worte.«

»Aber das alles ist ja nun vorüber, und Miß Nott weiß nicht einmal, wo er sich aufhält,« sagte Renshaw mit einem Lachen, welches indessen einen etwas unbehaglichen Klang hatte.

Mr. Nott stand auf, öffnete die Thür und blickte sich draußen sorgfältig um. Nachdem er sich auf diese Weise vergewissert hatte, daß niemand horche, kam er zurück und sagte flüsternd: »Das is eben 'ne Lüge. Nich etwa, daß meine Rosi lügen wollte, nein, 's is der Zauber, den er auf dem armen Kinde ausübt. Der Franzose treibt sich um den Pontiac 'rum. Ich habe ihn mit meinen eignen Augen schon zweimal unter dem Kajütenfenster vorbeigehen sehen. Und mehr als das – ich höre nachts sonderbare Geräusche und sehe fremde Gesichter in dem Seitengäßchen. Grade anjetzt, als ich nach Hause kam, bemerkte ich wieder 'nen fremden Kerl, der wie 'nen schwarzer Chineser aussah, hinten um der Thür 'rum schleichen, von welcher selbigter man nach Ferrers Koje kommen kann.«

»Sah der Mann aus wie ein Matrose?« fragte Renshaw, in welchem der frühere Verdacht wieder aufstieg.

»Nich mehr als ich,« gab Nott zur Antwort, indem er selbstgefällig auf seine Schifferjacke herabsah. »Er hatte große Ringe in den Ohren, wie 'ne Dirne.«

Renshaw fuhr auf, da er aber bemerkte, daß Nott ihn scharf beobachtete, sagte er in leichtem Tone: »Aber was haben diese fremden Gesichter und dieser fremde Mann – wahrscheinlich ein malayischer Matrose, der auf einen Spaß ausgeht – mit de Ferrières zu thun?«

»'s sind Freunde von ihm – lauter Freunde – spüren um Rosi 'rum. Aber den Alten überlisten sie ja wohl nich. Ich habe dieserhalb meiner Rosi gesagt, sie soll 'nen Besuch draußen auf 'm alten Viehhofe machen – und wenn ich sie da 'mal in Sicherheit habe, so schätze ich, will ich schon mit Mr. Ferrers und seinen schwarzen Chinesern fertig werden.«

Renshaw blieb noch einige Sekunden in Gedanken versunken sitzen. Dann sprang er plötzlich auf und ergriff Mr. Notts Hand.

»Ich weiß noch nicht, wie die Sache zusammenhängt, Mr. Nott – aber ich glaube, sie geht mich 'was an,« sagte er, indem er dem alten Missourier mit freimütigem Lächeln und entschlossenen Augen die

Hand bot. »Vorläufig weiß ich nur, daß ich nicht nach Sacramento gehe, sondern hier bleibe, bis Sie durch die Geschichte durch sind, oder ich will nicht Renshaw heißen. Da haben Sie meine Hand drauf! Sprechen Sie kein Wort darüber – vielleicht ist's mehr, als ich zu thun nötig hätte, vielleicht nicht halb genug. Aber sagen Sie Ihrer Tochter von alledem nichts. Sie muß glauben, ich ginge noch diesen Abend fort. Und je eher Sie Miß Nott aus diesem verwünschten Schiffe wegschaffen, je besser wird's sein.«

»Die Töchter des Pastor Flint gehen heute abend mit 'm Dampfer 'nauf und sie sollen Rosi mitnehmen,« entgegnete Nott mit schlauem Blinzeln. Renshaw nickte. Nott schüttelte ihm mit unsagbar ausdrucksvollem Blicke die Hand.

Nachdem Renshaw allein geblieben, bemühte er sich, die Eröffnungen, welche ihn zu einer so plötzlichen Aenderung seiner Entschlüsse bestimmt hatten, nochmals mit ruhigerem Blute zu prüfen. Daß das Schiff von unbekannten Leuten beobachtet wurde, war mehr als wahrscheinlich. Zudem hatte Renshaw nach Notts Beschreibung in dem »schwarzen Chineser« jenen malayischen Matrosen erkannt, von welchem Sleight einen Teil seiner Nachrichten erhalten, und entweder lag hier eine Hinterlist Sleights vor, der seinen eigenen Vertrauensmann heimlich überwachen ließ, oder ein doppeltes Spiel von seiten der Gewährsmänner Sleights – in jedem Falle Grund und Ursache genug, um Renshaws Einmischung zu rechtfertigen. Nur der von Nott behauptete Zusammenhang des lächerlichen Franzosen mit der Sache, der ihm zuerst als eine fixe Idee seines Wirtes erschienen war, machte ihn, je länger er darüber nachdachte, um so mehr irre. Die Möglichkeit, daß Rosi für diesen Menschen, dessen gesunder Verstand vielfach angezweifelt wurde, eine Neigung im Herzen tragen könne, wies er weit zurück, aber gerade dadurch sah er sich zu der nicht weniger beunruhigenden Vermutung hingedrängt, daß de Ferrières von dem Schatze wisse, und daß er dem Mädchen den Hof gemacht habe, um sich durch die Verheiratung mit ihr in den Besitz ihrer Reichtümer zu setzen. Könnte die Beschreibung solchen Reichtums sie nicht verblendet haben? Schien es nicht denkbar, daß sie bereits, wenigstens teilweise, in das Geheimnis eingeweiht war, und daß ihre seltsame Vorliebe für das Schiff, sowie ihr glühender Wunsch, sich von allem, was das Fahrzeug anging zu unterrichten – ein Wunsch, den er bis jetzt für unschuldige Neugier gehalten hatte – gerade daraus entsprang? Warum war er nicht schon früher darauf gekommen? Vielleicht hatte sie von dem Zwecke seines Aufenthalts in dem Schiffe gleich von vornherein eine Ahnung gehabt und ihn so mit leichter Mühe matt gesetzt! Der Gedanke hatte nicht dazu beigetragen, ihn angenehmer zu stimmen, als Nott leise zurückkehrte.

»Alles in Ordnung,« begann er voll stolzer Selbstzufriedenheit mit seinen wunderbaren diplomatischen Talenten. »Das wäre abgemacht. Rosi ging auf alles ein, insonderheit als ich ihr sagte, Sie reisten heute abend ab. ›Aber warum geht denn Mr. Renshaw schon wieder?‹ fragte sie, ›Wie kommt's, daß kein Mensch hier im Schiffe bleiben will, sondern aber, daß sie alle fortgehen?‹ sagte sie beinahe ärgerlich und trotzig. Mr. Renshaw hat Geschäfte in Sacramento‹ sagte ich, denn ich durfte Sie ja wohl nich verraten, ›'s is 'n großes Unternehmen, wobei er sich 'n Vermögen machen wird‹ – ›Er hatte wohl 'was Geschäftliches von wegen dem Schiff mit dir zu reden?‹ fragte sie weiter, derweil sie mich unter dem Zipfel ihres Taschentuchs hervor ansah. ›Ja, wir besprachen so allerlei‹ gab ich zur Antwort. ›Dann schätze ich, wird's wohl nich nötig sein, daß ich 'm schreibe‹ sagte sie, ›Nich im geringsten‹ sagte ich. ›Er würde dir nich 'mal nich antworten, wenn du ihm schreiben thätest. Du wirst niemals nichts wieder von selbigem jungem Manne hören‹ –«

»Aber wer zum Teufel erlaubt Ihnen denn – ?« rief Renshaw auffahrend.

»Fahren Sie nur nich gleich aus der Haut!« sagte der alte Missourier beruhigend. »Wenn Sie gesehen hätten, wie sie darauf in ihr Putzstübchen 'neinfuhr – meine Rosi, die ja sonst wohl so leise und sanft einhergeht, wie 'n Geist – Sie hätten gewiß gewünscht, daß ich noch 'n paar Schüsse mehr abfeuerte. Nein, nein, Mr. Renshaw, in manchen Punkten is ein Frauenzimmer genau so wie's andere.«

Renshaw war aufgestanden und ging mit starken Schritten in dem Räume auf und ab.

»Vielleicht wäre es besser, ich spräche noch 'mal mit ihr, ehe sie fortgeht,« sagte er, seinem innersten Antriebe folgend.

»Vielleicht is es besser, wenn Sie's nicht thun,« entgegnete Nott mit unzerstörbarem Gleichmute.

So gereizt und unruhig Renshaw auch war, konnte er doch nicht umhin, anzuerkennen, daß der alte Missourier recht hatte. Was in aller Welt konnte er ihr bei seiner mangelhaften Kenntnis der Situation sagen? Und wenn das, was er wußte, richtig war, wie konnte sie ihm dann schreiben?

»Wenn's aber wäre, daß Sie ihr nochmals sehen wollten, ohne mit ihr zu sprechen,« fuhr Nott fort, indem er seine breite Hand abermals in väterlicher, gleichsam segnender Weise auf die Schulter des jungen Mannes legte, »so, schätze ich, ließe sich das ja wohl machen. Wenn sich's nämlich zufällig träfe, daß Sie da unten wären, um 'n paar Freunde oder so 'was nochmal zu sehen, und wenn sich's dann wieder zufällig träfe, daß Sie an dem Dampfschiff-Landungsplatze hin und her spazierten, wie die jungen Laffen von Montgomery Street zu thun pflegen, so könnte sich's recht gut machen, daß Sie ihr ganz zufällig zu Gesicht kriegten. Oder Sie könnten's auch noch anders machen,« fuhr er nach kurzer Ueberlegung fort, indem er aufstand, mit der geheimnisvollsten Miene die Thür öffnete und dem jungen Manne winkte, ihm zu folgen. Draußen nahm er seine Hand und geleitete ihn sorgsam nach einem Verschlage, welcher allem Anschein nach an Rosis Zimmer stieß und als Aufbewahrungsort für allerlei Hausgeräte diente. Renshaws Augen fielen hier sogleich auf einen Koffer, der an Gestalt und Größe genau dem glich, welchem Rosi die Bestandteile ihrer theatralischen Verkleidung entnommen hatte, und auf diesen Koffer hindeutend, fügte Nott im eindringlichsten Flüstertone hinzu: »Dort der Koffert is der andre von denen beiden. Rosi hat denjenigten mit den Frauenkleidern, wie die Opernsingerinnen tragen – in dem dort sind die Sachen vor die Männer von derselbigten Sorte, allerlei Plunder und bunter Krimskrams.« Dabei öffnete Nott den Koffer und fuhr fort: »Na Mr. Renshaw, Frauenzimmer bleibt Frauenzimmer, und 's is ja wohl natürlich, daß sie sich gerne in solchem Tand sehen und 's auch gern haben, wenn 'n junger Bursche 'was aus sich macht. In diesem Punkte war Ferrers euch allen über und lief allen den Rang ab. Aber wenn da 'was is,« setzte Nott hinzu, indem er in den Koffer griff und einige der Garderobestücke in die Höhe hob, »wenn da 'was is, was Ihnen gefallen thut, und was Sie anziehen wollen, um da damit unten am Landungsplätze 'rum zu gehen, so nehmen Sie's nur. Seien Sie nich schüchtern, sondern aber langen Sie zu.«

Eine volle Minute verging, ehe Renshaw anfing zu begreifen, was der alte Mann eigentlich meinte. Als er es aber endlich begriff und sich den Anblick vorstellte, wie er aufgeputzt à la Ferrières ernsthaft am Landungsplätze spazieren ging, um in dieser Pracht und Herrlichkeit einen letzten Sturm auf Rosis Herz zu unternehmen, brach er in ein lautes, herzliches Gelächter aus. Die Spannung der Nerven, in welcher er die letzten Stunden zugebracht, löste sich – er lachte, daß ihm die Thränen in die Augen traten und lachte noch, als die Thür der Kabine plötzlich geöffnet wurde und Rosi in kühler, abweisender Haltung auf der Schwelle erschien.

»Ich bitte um Entschuldigung,« stammelte Renshaw hastig, »ich wollte Sie nicht stören – ich –« Ohne ihn eines Blickes zu würdigen, wendete sich Rosi zu ihrem Vater. »Ich bin fertig,« sagte sie kalt; dann zog sie die Thür wieder hinter sich zu.

Aus den Augen Notts, der bis dahin den jungen Mann ob seiner unerklärlichen Heiterkeit mit starrer Verwunderung und offenem Munde angeschaut hatte, brach jetzt ein Strahl tiefen Verständnisses, und indem er Renshaw ernst und feierlich zunickte, flüsterte er: »Das Lachen hat ihr ja wohl vollends den Rest gegeben!« Dann verschwand er, ehe noch sein bestürzter Gefährte Zeit gefunden hatte, zu antworten.

Als Mr. Nott und seine Tochter das Schiff verließen, war Renshaw weder dort anwesend, noch zeigte er sich am Landungsplatze, worauf Nott fest gerechnet hatte. Erst nach neun Uhr kehrte er nach dem Pontiac zurück, wo er den alten Missourier, der ihn in einer gewissen Aufregung erwartete, in der Kabine fand.

»'s mag kaum 'ner Minute her sein,« sagte er, indem er geheimnisvoll die Thür hinter Mr. Renshaw schloß, »da hörte ich 'was draußen im Gange, und als ich 'naus sah, wen fand ich da im Finsteren niedergekauert? Meinen verdammten schwarzen Chineser, von welchem selbigten ich Ihnen schon sagte. Seine Augen funkelten in der Dunkelheit wie die von 'nem Bergtiger, und ich langte grade nach meinem Revolver, als er mit 'nem Grinsen in die Höhe sprang und mir diesen Brief vor Sie gab. Ich sagte 'm, daß ich schätzte, Sie wären schon fort nach Sacramento, aber er sagte, er würste gewiß, Sie wären in Ihrer Stube. Um ihm zu beweisen, daß dieses nich der Fall wäre, ging ich 'nein, als ich aber zurückkam, war das verdammte Stinktier ja wohl verschwunden, und ließ sich nich mehr sehen. Schätze, der Bursche hatte Furcht gekriegt.«

Renshaw griff hastig nach dem Briefe. Derselbe enthielt nur eine flüchtige Zeile von Sleights Hand und lautete:»Sollten Sie Ihren Entschluß ändern, so würde Ihnen der Ueberbringer gute Dienste leisten können.«

»Und Sie glauben, daß es derselbe Malaye war, den Sie schon gesehen hatten?« fragte der junge Mann, indem er sich plötzlich zu Nott wendete.

»Derselbigte.«

»Dann kann ich Ihnen nur sagen, daß er kein Abgesandter de Ferrières ist,« fuhr Renshaw fort, wahrend er sich mit einer gewissen Verlegenheit umdrehte, und ehe noch Mr. Nott eine weitere Frage thun konnte, rief er ihm ein kurzes»Gute Nacht« zu, begab sich in sein Zimmer, verschloß hinter sich die Thür und warf sich auf sein Bett, um ungestört über diese Vorgänge nachzudenken.

Aber so wenig er in der Stimmung war, Notts abgeschmackte Vermutungen mit anzuhören, so wenig befriedigten ihn seine eigenen Gedanken. Hatte er abermals eine Thorheit begangen, indem er sich durch die Künste eines hübschen koketten Mädchens und die albernen Vorspiegelungen ihres halb blödsinnigen Vaters von seinem Wege abbringen ließ? Hatte er für nichts und wieder nichts Sleight im Stiche gelassen und war in dem Schiffe geblieben – ja hatte es nicht den Anschein, als habe er seinen Entschluß infolge des Zettels von Sleight geändert? Und warum hatte der Malaye schon früher das Schiff umschlichen?

Renshaw schlief endlich über alle diese Gedanken ein.

Siebentes Kapitel.

Zwischen drei und vier Uhr morgens brachen sich die Wolken über dem Pontiac und im Lichte des hochstehenden Mondes zeichneten sich die Linien des langen, zwischen eisernen Speichern und hölzernen Wohngebäuden wie in eine Wiege eingebetteten Schiffsrumpfes in deutlichen schwarzen und weißen Linien ab. Die Kambüse und der bedeckte Raum davor bildeten eine dunkle Schattenmasse, gegen welche sich das glänzend weiße Deck bis zum Vorderkastell scharf abhob, während das kleine Glasdach des Photographen wie ein Helmschmuck von Edelsteinen den Pontiac schimmernd überragte. So friedlich und regungslos lag das Schiff da, daß man es ebensogut für eine kürzlich ausgegrabene und wieder ans Licht geförderte Versteinerung aus früheren Zeitaltern hätte halten können.

Aber diese Ruhe war nur eine trügerische und verdeckte ein geheimes Leben und Weben in dem Schiffe. Ein etwas, das bis dahin wie ein toter Schatten ausgesehen hatte, löste sich leise und vorsichtig vom Deck ab und begann sich Schritt vor Schritt im Schutze des Bollwerkes nach der Richtung der Kajütentreppe hinzuschleichen. Dort hielt es an und blieb eine Weile regungslos zusammengekauert liegen. Dann erhob es sich wieder, glitt mit derselben ruckweisen Bewegung weiter bis zu der kleinen Erhöhung der Kabelgatsluke, öffnete diese mit einer Geschicklichkeit, welche stete Uebung in solchen Dingen verriet, und verschwand in der Oeffnung. Da der Mond gerade in diesem Moment in die Luke und auf das Gesicht des Hinabtauchenden fiel, wurden die glänzenden Augen und die weißen Zähne des Malayen deutlich sichtbar.

Nachdem er sich unhörbar in den unteren Deckraum hatte fallen lassen, suchte er tastend seinen Weg durch den dunklen Gang zwischen den Verschlägen, mit denen er offenbar weniger vertraut war, und stand vor jeder Thüre lauschend still. Endlich kehrte er um, schlich sich zu der unteren Kabelgatsluke zurück, welche früher einmal Rosis Aufmerksamkeit erregt hatte, und öffnete geräuschlos den Verschluß. Ein durchdringender Geruch nach Moder und stehendem Wasser drang aus der Oeffnung hervor. Der Mann zog eine kleine Blendlaterne aus seiner Brusttasche, zündete sie an, und ließ sich dann, ohne einen Augenblick zu zögern, in die Tiefe hinab.

Das hin und her schwankende Licht der Laterne fiel nach oben und unten in den Raum und scheuchte Scharen von Ratten auf, welche im Zickzack an den Schiffsrippen und auf den Querhölzern hin und her schossen – aber ohne auf diese seltsamen Zuschauer seines Thuns zu achten, wandte der Mann seine gespannte Aufmerksamkeit dem Raume selbst zu, in dem er sich befand. Derselbe schien an einer Stelle durch das Einfügen neuer Holzteile ausgebessert und verstärkt und der Malaye begann sofort, diese Stelle mit den Instrumenten zu untersuchen, welche er bei sich trug. Das unsichere Licht der Laterne, das auf seinen geölten Anzug fiel, gab ihm eine gewisse phantastische Aehnlichkeit mit den nassen, gleißenden Tieren, die ihn von allen Seiten umgaben, und das leichte nagende Geräusch, welches er mit seinen Instrumenten hervorbrachte, vermehrte noch diese Aehnlichkeit. Schon nach einigen Minuten war es ihm gelungen, ein Loch in den Plankenverschlag zu arbeiten, und dasselbe gestattete ihm, sich zu überzeugen, daß der ganze dahinter liegende Raum mit kleinen hölzernen Kisten gefüllt war. Mit fieberhafter Gier zog er eine derselben heraus, sprengte den Deckel vorsichtig auf und vor ihm lag eine festgepackte Masse blindgewordener Münzen. Der Schatz war noch vorhanden!

Aber Mr. Sleight hatte die Wirkung dieser Entdeckung auf die natürliche Schlechtigkeit seines Werkzeuges nicht berechnet. Im Moment des Triumphes schoß dem Malayen auch der Gedanke durch den Kopf, den Schatz für sich zu behalten. Er hatte ihn aufgefunden, warum sollte er ihn einem anderen überlassen? Er hatte die ganze Gefahr auf sich genommen, denn wenn er jetzt ertappt wurde, wer sollte ihm glauben, daß er bei diesem mitternächtlichen Besuche keinen anderen Zweck verfolgt, als den, sich im Auftrage und Interesse eines anderen von dem Nochvorhandensein des Schatzes zu überzeugen. Nein! Die Gelegenheit war zu günstig – er wollte die Goldkisten sofort aus dem Schiffe fortschaffen, sie seitwärts hinab auf die Straße bringen, sie auf einem der anstoßenden Bauplätze verscharren und dann nach seiner Bequemlichkeit weiter drüber verfügen. Wer war nun der Klügste?

Vor allem war es nötig, den Platz nochmals zu rekognoszieren. Er wußte, daß der Deckraum über ihm leer war, wußte auch, daß derselbe von der Nebengasse einen Zugang besaß, denn er hatte heute morgen die Thür probiert. Dorthin mußte er also die Kisten schleppen und sie von da aus hinabbringen. Aber sie waren schwer, er konnte jedesmal nur eine tragen, und mußte die Reise also vielmal machen. Immerhin hoffte er, auch für den Fall, daß er gestört wurde, wenigstens etwas zu erbeuten, und so zog er vorläufig eine Anzahl von Kisten aus ihrem Verstecke hervor und stellte sie in einem Stoß übereinander.

Ha, war es nicht lustig, daß er – der malayische Hund, der verdammte Nigger, nun den Reichtum haben sollte, um den ganz andere Männer, als er war, ihr Leben gelassen hatten! Das Blut des Obersteuermanns klebte noch an den Goldkisten, wenn das Seewasser es nicht abgewaschen hatte. Welch ein mörderischer Kampf war es gewesen, als sie den Kapitän – Aber was war das? War eine Ratte klatschend in das Kimmwasser gesprungen, oder was war es sonst gewesen!

Ein abergläubisches Grauen hatte sich des farbigen Mannes bei dem Gedanken an das vergossene Blut bemächtigt. Der mit erstickendem Dunste gefüllte Raum schien sich mit kämpfenden Gestalten zu bevölkern, die er gekannt hatte, die Luft schien noch einmal von wilden Flüchen und Verwünschungen widerzuhallen! Entsetzt sprang er auf seine Füße, eilte zu der Kabelgatsluke und schwang sich zu dem Mitteldeck hinauf. Alles war still! Die Thür des leeren Vorschlages gab unter dem Drucke seiner Hand nach. Ohne auf ein Hindernis zu stoßen, glitt er zu der ins Freie führenden Pforte und öffnete sie. Der Mondschein flutete mit der kühlen Luft lautlos in den Raum. Der Weg zum Entkommen war frei! Nun zurück zu dem Schatze!

Eben hatte der Malaue den Gang wieder erreicht, als er bemerkte, daß sich das hinter ihm eindringende Licht plötzlich verdunkelte. Blitzschnell drehte er sich um und erblickte auf der Schwelle der offengelassenen Pforte eine hohe, hagere, seltsame Gestalt, welche sich deutlich gegen den hellen Himmel dahinter abhob. Im Schatten verborgen that er – einen schweren eisernen Schraubenschlüssel in der hocherhobenen Hand – einen leisen, schnellen Schritt nach der

Gestalt hin. Doch im nächsten Momente schon erweiterten sich seine Augäpfel in abergläubischem Schrecken, das Eisen entfiel ihm und mit einem Schrei, wie ihn ein tödlich erschrockenes Tier ausstößt, wandte er sich zur Flucht nach dem Gange. In kopflosem Entsetzen versuchte er das obere Deck durch die Kabelgatsluke zu erreichen – aber das Geräusch schwerer Tritte über ihm ließ ihn von diesem Vorhaben abstehen – und nun gewann die naherliegende Gefahr der Entdeckung die Oberhand über die abergläubische Furcht. Lieber noch wollte er der gespenstischen Erscheinung trotzen und durch den eben verlassenen Verschlag zu entkommen suchen – aber ehe er dahin zurückkehren konnte, näherten sich andere Fußtritte von dem Ende des Ganges her, den er überschreiten mußte. Jetzt gab es nur noch eine Möglichkeit zu entwischen; er mußte in den unteren Schiffsraum zurückschlüpfen und dort abwarten, bis alles wieder ruhig geworden war. Schnell wie der Blitz glitt er nach der Luke zurück und schloß den Deckel leise und gerade in dem Moment über seinem Kopfe, als die obere Lucke sich öffnete und die kleinen runden Augen Abner Notts in die Tiefe hinabspähten. Die im Gange daherkommenden Tritte erwiesen sich als die Renshaws, aber sie bogen nach seitwärts ab, denn der junge Mann, welchem die offene Thür des Verschlags auffiel, trat in denselben ein. Sobald er verschwunden war, schwang sich Abner Nott vorsichtig von oben herab, trat zu der Oeffnung, durch welche der Malaye soeben seinen Rückzug genommen hatte, und schob den Riegel, welcher den Deckel von oben schloß, wieder vor. Als Renshaw nach wenigen Augenblicken mit einem Lichte in den Gang zurückkehrte, fand er Nott ruhig auf der Luke sitzend.

»Die Pforte in dem Verschlage dort stand offen,« sagte Renshaw. »Ohne Zweifel ist der Eindringling, wer er auch gewesen sein mag, dort hinaus entwischt.«

»Sicherlich,« entgegnete Nott, während sich ein schlauer Ausdruck, der Renshaw ärgerte, über sein Gesicht stahl.

»Sie glauben also gewiß, daß es Ferrières war, den Sie unter Ihrem Fenster vorüberstreichen sahen, ehe Sie mich weckten?« fragte der junge Mann.

Nott nickte mit unergründlich ausdrucksvoller Miene.

»Aber Sie sagten doch, er sei in der Richtung vom Schiffe wegge-
gangen. Dann kann es doch nicht gewesen sein, welcher vorhin
den Lärm da unten machte.«

»Er mag's gewesen sein, und mag's auch nicht gewesen sein,« gab
Nott vorsichtig zur Antwort.

»Aber wenn er sich schon im Inneren des Schiffes befand, wie die
offene Pforte anzuzeigen scheint, welche Ihrer Mitteilung nach von
innen verriegelt war, wozu, zum Teufel, hatte er das Ding hier nötig?« fragte Renshaw, welcher den Schraubenschlüssel vom Boden
aufgenommen hatte.

Mr. Nott betrachtete das Instrument sorgfältig und schüttelte mit
wichtiger Miene den Kopf. Dann kehrten seine Augen zu dem Lu-
kendecke! zurück, auf welchem er saß.

»Haben Sie da 'was Verdächtiges bemerkt?« fragte Mr. Renshaw,
indem er den Blicken seines Wirtes folgte. »War die Luke etwa nicht
mehr so verschlossen, wie sie jetzt ist?«

»Doch, doch,« entgegnete Nott ruhig, »aber 's würde mir lieb
sein, wenn Sie so gut wären und mir aus dem Schranke oben 'n
Hammer und 'n paar große Nägel 'runter holten, derweil ich hier-
bleibe, um aufzupassen, damit daß kein neuer Einbruch nich statt-
findet.«

Renshaw erfüllte das Verlangen, aber als Nott nun mit dem größten Ernste begann, einen Nagel nach dem anderen in den Lukende-
ckel einzuschlagen, drehte er ihm ungeduldig den Rücken, um sich
weiter im Schiffe umzusehen. Die Thüren der übrigen Verschlage
und ihre Schlösser und Riegel schienen fest und unberührt. Es war
allerdings kaum zu bestreiten, daß ein Einbruch versucht morden
war, aber von wem und zu welchem Zwecke blieb unaufgeklärt.
Selbst jetzt noch fand, Renshaw es unmöglich, Notts Ansichten, daß
de Ferneres der Uebelthäter und Rosi der Zweck sei, zu teilen – aber
er hatte ebensowenig Beweise für seinen eigenen Verdacht, welcher
sich gegen den Malayen und gegen Sleight als Anstifter richtete. Es
überkam ihn ein Gefühl, daß, wenn das junge Mädchen zur Stelle
gewesen wäre, er ihr eine vollständige Beichte abgelegt, und sie um
ein gleiches Vertrauen gebeten haben würde, denn er fing bereits
an, sein thörichtes zweck- und nutzloses Bündnis mit dem Vater zu

beklagen, der, obwohl er die Tochter bemißtraute, auf der anderen Seite doch nicht den Mut hatte, sie des Einverständnisses mit einem Einbrecher zu bezichtigen. Was war mit dem Manne anzufangen, der in einem solchen Momente keinen anderen Gedanken hatte, als eine verschlossene und immer verschlossen gewesene Luke zu vernageln! So versunken war Renshaw in diese Gedanken, daß er, als Nott später in der Kabine erschien, dessen Gegenwart kaum gewahr wurde, und keinen der verstohlenen Blicke bemerkte, welche ihm der alte Missourier von Zeit zu Zeit zuwarf.

»Schätze, Sie werden's mir nich übelnehmen, wenn ich Ihnen um 'ne Gefälligkeit bitte, Mr. Renshaw,« sagte Nott, plötzlich das bisherige Schweigen brechend. »Vielleicht mute ich Ihnen 'n zu großes Opfer an Geld zu, vielleicht aber auch 'n zu großes Opfer an Zeit – aber ich kalkeliere, ich kann Ihnen die Auslagen ersetzen und auch vor Ihrer Zeit, wenn Sie mir sagen, was sie Ihnen wert is, aufkommen. Um was ich Ihnen bitte, is nämlich, daß Sie 'nen Brief von mir zu Rosi schaffen, und mir 'ne Antwort mitbringen mochten.«

Renshaw fuhr bei dieser plötzlichen Verwirklichung eines Wunsches, der wenige Minuten vorher in seiner Seele aufgetaucht war, wie erschrocken empor.

»Ich verstehe Sie wohl nicht recht –« stammelte er.

»Vielleicht nich,« versetzte Nott mit Würde, »Aber das is auch nich die Hauptsache, um die sich's handelt. Die Hauptsache is Ihre Zeit und die Geldkosten.«

»Ich wollte nur sagen, daß es mir viel Vergnügen machen wird, Ihren Auftrag auszuführen, wenn ich Ihnen dadurch nützlich sein kann,« entgegnete Renshaw eifrig.

»Dann können Sie ja wohl noch mit dem Siebenuhrschiffe nach San Rafael fahren und sind um zehn Uhr –«

»Aber ist denn Miß Rosi nicht nach Petaluma gegangen?« fiel Renshaw ein.

Nott blickte ihn mit einer Art gönnerhafter Ueberlegenheit an.

»Das is, was wir den Leuten und insbesondere dem Ferrers und seiner Bande weis machten,« bemerkte er. »Wir sagten freilich Petalumi, aber wenn Sie nach Madroño Cottage in San Rafael gehen, werden Sie ihr ja wohl finden.«

Wenn es noch eines Grundes bedurft hätte, um Renshaw zu überzeugen, wie dringend nötig eine möglichst schnelle Verständigung mit Rosi sei, so wäre es dieser letzte Beweis für die gänzlich unberechenbaren Absichten und Maßnahmen ihres Vaters gewesen. Er willigte also rasch ein und empfing von Nott einen an Rosi adressierten Brief.

»Sie müssen 'n aber ihr selbsten und in ihre eigenen Hände geben und auf der Antwort warten,« schärfte der Missourier dem jungen Manne mit dem größten Ernste ein.

Nachdem sich Renshaw mit Entschiedenheit geweigert hatte, auf die Besprechung seiner Ausgaben und die Schätzung seiner Zeit einzugehen, befand er sich um sieben Uhr auf dem nach San Rafael bestimmten Dampfboote, und fand hier – so kurz die Fahrt auch war – Zeit und Muße, über die bevorstehende Unterredung mit Rosi nachzudenken. Er beschloß, mit einer offenen Beichte zu beginnen. Die Vorgänge dieser Nacht hatten ihn jeder Verpflichtung gegen Sleight entbunden, und außerdem bezweifelte er keinen Augenblick, daß Notts Brief einige Mitteilungen über diese Dinge, wie er sich dieselben in seiner verzwickten Weise zurechtgelegt hatte, enthalten müßte.

Achtes Kapitel.

Madroño Cottage lag, eingebettet in ein kleines Dickicht der buntscheckigen Erdbeerbäume, die ihr den Namen gegeben, am Eingange einer kleinen Canada, eines engen Thales, welches der frühe Winterlegen bereits wieder mit frischem Grün geschmückt hatte.

Als der junge Mann nach Rosi fragte, hörte er zu seiner nicht geringen Befriedigung, das junge Mädchen sei allein nach dem eine halbe Wegstunde entfernten Postamte gegangen, und er werde sie, falls er ihr folgen wolle, entweder noch überholen oder ihr doch auf dem Heimwege begegnen.

Die Straße – nicht viel mehr als ein Pfad – schlängelte sich auf der Höhe des Hügels dahin. Man genoß von hier aus, über die Canada hinweg, die Aussicht auf die lange, dunkle, von dichtem Walde bestandene Flanke des Berges Tamalpais, welcher sich in der Entfernung von etwa sechs Wegstunden aus der Ebene erhebt – und diese Schönheit der Gegend, das Aufhören des warmen Regens und das Erscheinen eines Stückchens blauen Himmels, verbunden mit einem gewissen Gefühl der Befreiung, ließen Renshaw bald die leichtherzige Fröhlichkeit wiederfinden, welche ihm so gut stand. Bei einer scharfen Biegung des Weges gewahrte er in der Entfernung die Gestalt des jungen Mädchens, die ihm entgegenkam und mit der Ungeduld eines Knaben beschleunigte er seine Schritte. Aber plötzlich war Rosi verschwunden, und als er sie wieder erblickte, befand sie sich an der anderen Seite des Abhanges, anscheinend eifrig damit beschäftigt, Blumen zu pflücken. Sie hatte ihn also ebenfalls bereits gesehen.

Die Herzlichkeit seiner Begrüßung wurde dadurch etwas beeinträchtigt – aber als Rosi endlich aufblickte, waren ihre Wangen doch noch rot genug, um den Grund ihres Ausweichens zu verraten.

»Sie hier, Mr. Renshaw!« rief das junge Mädchen. »Ich dachte, Sie wären in Sacramento.«

»Und ich dachte, Sie wären in Petaluma,« gab er zur Antwort. »Ich habe hier einen Brief von Ihrem Vater. Eine der Persönlichkeiten, welche in den letzten Tagen das Schiff umschlichen, ist diese Nacht wirklich in dasselbe eingedrungen. Wer der Mensch war und was er wollte, weiß man vorläufig noch nicht – aber Ihr Vater hat vielleicht seine Vermutungen und teilt sie Ihnen mit.«

Renshaw konnte sich nicht versagen, das junge Mädchen scharf anzublicken, während er ihr den Brief überreichte, aber außer einem kleinen neugierigen Emporziehen der Augenbrauen blieb ihr Gesicht ruhig, während sie das Schreiben erbrach, und keine Miene verriet Erregung oder Verwirrung. Plötzlich blickte sie zu ihm auf.

»Ist das alles, was Ihnen mein Vater für mich gegeben hat?« fragte sie.

»Alles.«

»Sie haben gewiß nichts verloren?«

»Nein. Ich habe Ihnen überreicht, was er mir für Sie eingehändigt hat.«

»So wäre dies das Ganze,« sagte sie, indem sie ihm einen unbeschriebenen, in Briefform zusammengefalteten Bogen Papier zeigte.

Renshaw fühlte, daß ihm eine jähe Zornröte ins Gesicht stieg.

»Das ist ja unverzeihlich,« rief er. »Da muß ein Versehen vorliegen. Wahrscheinlich hat er das Blatt zufällig verwechselt,« setzte er hinzu, während er innerlich doch fest überzeugt war, daß Nott mit voller Ueberlegung gehandelt hatte.

Rosi streckte ihm mit einem freimütigen Lächeln die Hand entgegen.

»Machen Sie sich darüber keine weiteren Gedanken, Mr. Renshaw – Vater ist manchmal zerstreut und vergeßlich. Aber bitte, erzählen Sie mir, was in vergangener Nacht geschehen ist.«

Mr. Renshaw teilte ihr kurz und einfach alle Einzelheiten des Angriffs auf den Pontiac mit, und zwar von dem Augenblicke an, da Nott ihn geweckt hatte, bis zu der Wahrnehmung, daß der unbekannte Eindringling durch das Seitenpförtchen entflohen sei. Als er zu Ende war, zögerte er eine kleine Weile, dann ergriff er, seiner Empfindung folgend, Rosis Hand und fuhr fort:

»Sie werden mir zürnen, wenn ich Ihnen die ganze Wahrheit sage – aber Ihr Vater ist fest überzeugt, daß der Einbruch von dem alten

Franzosen de Ferrières und zu keinem anderen Zwecke unternommen worden ist, als Sie zu entführen.«

Mancher andere als dieser von ihrem Vater angegebene Grund wäre vielleicht imstande gewesen, dem jungen Mädchen das Blut in die Wangen zu treiben, aber nur die vollständigste Unschuld vermochte ihren Augen den Ausdruck von Erstaunen und Entrüstung zu verleihen, mit dem sie fragte:

»Das war's also, worüber Sie so lachten?«

»Nein, ich lachte nicht darüber, obgleich ich zu Gott wünschte, ich hätte mich keines schlimmeren Vergehens anzuklagen,« entgegnete der junge Mann eindringlich. »Nein, bitte, sprechen Sie nicht,« fügte er ungeduldig hinzu, als Rosi den Versuch machte, ihn zu unterbrechen. »Ich habe kein Recht, Sie anzuhören, habe nicht einmal das Recht, von Angesicht zu Angesicht vor Ihnen zu stehen, bis ich alles gebeichtet. Ich kam auf den Pontiac und machte Ihre Bekanntschaft, Miß Nott, in einer hinterlistigen Absicht, die so unverzeihlich ist, wie nur irgend eine der verräterischen Thaten, welche Ihr Vater de Ferriéres zur Last legt. Ich bin nicht als einfacher, ehrlicher Abmieter auf dem Pontiac eingezogen, sondern als Spion.«

»Aber Sie wollen doch nicht sagen, daß Sie – hier liegt sicherlich ein Irrtum zu Grunde – « stammelte Rosi, indem sie blaß wurde, freilich mehr, wie es schien, infolge der Teilnahme an der Aufregung des Missethäters, als vor Abscheu gegen die Missethat selbst.

»Leider kann ich mich auf keinen Irrtum berufen,« fuhr Renshaw fort, »Aber wenn Sie mich noch einige Augenblicke anhören wollen, so sollen Sie alles erfahren. Es ist eine lange Geschichte. Wollen Sie dabei weiter gehen und – meinen Arm annehmen? Sie schaudern also nicht vor mir zurück, Miß Nott? Haben Sie Dank. Freilich verdiene ich kaum Ihre Güte und Nachsicht.«

In der That schauderte Rosi so wenig vor ihm zurück, daß es Renshaw, als sie nun weiterschritten, sogar vorkam, als fühle er einen leisen, beruhigenden Druck auf seinem Arme und vielleicht geriet er in Versuchung, gerade um dieses, in gleichem Maße wachsenden Mitgefühls willen, seine Schuld ein wenig zu übertreiben.

»Erinnern Sie sich noch jenes Abends, als ich Ihnen See- und Schiffsgeschichten erzählte?« fragte der junge Mann. »Damals meinten Sie, es sei Ihnen, als müsse der Pontiac ebenfalls seine Geschichte haben. Ja, Miß Nott, er *hat* eine Geschichte, eine schreckliche – eine furchtbare Geschichte, die ich Ihnen hätte erzählen können, ja hätte erzählen *sollen* – und diese Geschichte hatte mich auf das Schiff geführt. Auch da Sie sagten, es komme Ihnen vor, als hätte ich den Pontiac schon vorher gekannt, hatten Sie recht. Ich kannte ihn bereits von früher her.«

Dabei legte er seine freie Hand leicht auf die des jungen Mädchens, als wolle er sich versichern, daß sie auch zuhöre.

»Ich war zu jener Zeit Seemann,« fuhr er fort. »War Thor genug gewesen, vom Gymnasium fortzulaufen, weil es mir sehr romantisch und verlockend erschien, auf diese Weise die Welt zu umsegeln. Ich sah mich vielleicht etwas enttäuscht, aber ich nahm die Dinge so gut ich konnte, und nach zwei Jahren war ich Untersteuermann auf einem Walfischfahrer, welcher den kleinen Hafen einer der uncivilisiertesten Inseln des Stillen Oceans anlief. Während wir dort noch vor Anker lagen, traf ein französisches Handelsschiff – dem Anschein nach, um Wasser einzunehmen – in diesem Hafen ein. Die Mannschaft desselben war nicht mehr vollzählig und bestand aus einem Gemisch von Farbigen und Portugiesen, welche angaben, einen Teil ihrer Kameraden durch Desertion, den Kapitän und den Steuermann aber durch das Fieber verloren zu haben. Die Erzählung klang indessen so sonderbar, daß unser Kapitän für gut fand, einmal Recht und Gesetz in die eigene Faust zu nehmen, und mich mit mehreren Kameraden als Sicherheitswache an Bord des Schiffes schickte. In der Nacht machte die Bemannung des Franzosen einen Versuch, zu entkommen. Sie hieben die Ankertaue durch und würden sicherlich die hohe See erreicht haben und entwischt sein, wenn wir nicht bewaffnet und auf unserer Hut gewesen wären. Es gelang uns, die Burschen zu Paaren zu treiben, und nachdem wir sie einige Stunden im Räume eingesperrt gehalten hatten, krochen sie zu Kreuz und machten den Vorschlag, das Schiff ruhig zu verlassen und an dieser öden Küste ans Land zu gehen. Da wir nun weder Leute zu ihrer Bewachung übrig hatten, noch imstande waren, sie mit uns zu nehmen, auch keine eigentlichen Beweise gegen sie aufzubringen vermochten, so ließen wir die Burschen laufen. Dann geleiteten wir das Schiff nach Callao, übergaben es dort der zuständigen Behörde, machten unsere Ansprüche an den

Bergelohn geltend und setzten unsere Reise fort. Nach unserer Rückkehr erfuhren wir, daß die Wahrheit ans Licht gekommen. Es war ein französisches Kauffahrteischiff von Marseille – Eigentum seines Kapitäns – unter dessen Mannschaft im Stillen Ocean Meuterei ausgebrochen war. Die Meuterer hatten ihre Offiziere, sowie den einzigen Passagier, den Eigentümer der Ladung, getötet und dann mit dieser und einer halben Million in spanischen Geldstücken, die der getötete Passagier zu Handelszwecken mit sich geführt, das Weite gesucht. Im Laufe der Zeit wurde das Schiff zur Aufbringung des Bergelohns verkauft und in die südamerikanische Handelsflotte eingestellt. Hier that es bis zum Ausbruch des kalifornischen Goldfiebers seine guten Dienste und wurde dann mit einer Ladung Waren nach San Francisco geschickt. Dies Schiff ist der Pontiac, den Ihr Vater erstand.«

Ein leichter Schauder überlief das junge Mädchen.

»Ich – ich wünschte, Sie hätten mir die Geschichte nicht erzählt,« sagte sie.»Ich werde jetzt nie wieder ruhig in dem Schiffe schlafen können.«

»Ich dürfte Ihnen der Wahrheit entsprechend sagen, daß Ihre Gegenwart das Schiff von allen Flecken der Vergangenheit gereinigt hat, wenn nicht doch vielleicht einer daran haften geblieben wäre; freilich gerade einer, der in den Augen der meisten Menschen nicht als Fehler gelten wird,« fuhr Renshaw fort.»Sie machen große Augen, Miß Nott – aber ich komme jetzt gleich zu der Erklärung und damit zum Ende meiner Geschichte. Man hatte ein Kriegsschiff nach jener Insel abgesandt, um die Meuterer und Piraten, denn das waren sie, einzufangen und zu bestrafen; aber man fand sie nicht mehr, und eine Privatexpedition zur Aufsuchung des Schatzes, welchen die Räuber allem Vermuten nach vergraben hatten, verlief ohne besseren Erfolg. Da teilte mir Mr. Sleight vor etwa zwei Monaten mit, einer seiner Kapitäne habe ihm einen farbigen Matrosen zugeschickt, welcher behaupte, sich in Bezug auf den Pontiac im Besitz eines wertvollen Geheimnisses zu befinden, und gewillt sei, ihm dasselbe gegen einen Prozentsatz am Gewinn zu verkaufen. Die Meuterer hatten nämlich, seiner Angabe nach, nicht Zeit gefunden, den Schatz aus dem Schiffe fortzubringen, sondern waren eben dabei gewesen, ihn auszuschiffen und zu verscharren, als unser

Dazwischenkommen sie an der Ausführung dieses Vorhabens gehindert hatte.

Als wir sie dann in den Raum eingesperrt, hatten sie die Zeit benutzt, um die halbe Million in dem Schiffe selbst zu vergraben, das heißt, sie so sicher und gut zu verstecken, daß weder wir, noch die Beamten in Callao das Gold fanden. Mr. Sleight fragte nun mich, als einen, der das Schiff von früher her kannte, ob ich eine Untersuchung desselben vornehmen wolle. Diese mußte heimlich geschehen, weil Sleight – im Falle sich die Aussagen des Malayen bestätigten – Ihrem Vater das Schiff abkaufen wollte, ohne daß dieser ahnte, warum, und ich willigte ein. Da haben Sie nun meine Berichte, Miß Nott. Sie kennen jetzt mein Vergehen – ich ergebe mich Ihnen auf Gnade und Ungnade.«

Rosis Arm legte sich nur noch fester um den seinigen und ihr Blick suchte seine Augen.

»Und haben Sie etwas gefunden, Mr. Renshaw?« fragte sie.

Die Frage lautete so ganz ähnlich, wie die Sleights, daß Renshaw ein wenig kühl antwortete:

»Ich habe nicht gesucht.«

»Warum nicht?« fragte Rosi einfach.

»Weil,« stammelte Renshaw, in dem unbehaglichen Gefühl, einer übertriebenen Empfindung Raum gegeben zu haben, »weil es mir nicht ganz ehrlich und ehrenhaft erschien – weil es ein Unrecht gegen Sie war.«

»O, Sie thörichter Mensch! Sie hätten doch suchen und es mir nachher sagen können.«

»Glauben Sie denn, daß dies ehrlich gegen Sleight gewesen wäre?« fragte Renshaw.

»Ebenso ehrlich gegen ihn, wie gegen uns. Sehen Sie denn nicht ein, daß der Schatz weder ihm noch uns gehört? Er gehört doch keinem als den Verwandten des ermordeten Mannes.«

»Aber der hinterließ keine Erben; dies wurde nämlich durch einen Betrüger bewiesen, welcher sich für seinen Bruder ausgab und in Callao seine Ansprüche an den Pontiac geltend machte. Die Gerichte erklärten den Mann für wahnsinnig,« entgegnete Renshaw.

»Dann gehört der Schatz noch eher den armen Piraten, die ihr Leben dafür einsetzten, als Sleight, der nichts dafür gethan hat,« rief das junge Mädchen. Dann verstummte sie für einige Augenblicke, um mit nur um so größerer Bestimmtheit fortzufahren: »Ich bin fest überzeugt, daß der Vorgang von dieser Nacht mit Sleight im Zusammenhange steht.«

»Das denke ich auch,« sagte Renshaw.

»Dann muß ich gleich nach Hause zurück. Vater darf nicht allein bleiben.«

»Sie aber auch nicht,« sagte Renshaw eifrig. »Erlauben Sie mir, mit Ihnen zu gehen und die Unruhe und die Gefahren mit Ihnen zu teilen, welche ich mit verschuldet habe.« Und leiser setzte er hinzu: »Berauben Sie mich nicht der einzigen Möglichkeit, Miß Nott, mein Vergehen zu büßen und mich Ihrer Verzeihung würdig zu machen.«

»Ich habe Ihnen nichts zu verzeihen,« entgegnete Rosi, indem sie die Augen niederschlug und ihren Arm halb zurückzog. »Sie glaubten, daß wir kein größeres Recht auf den Schatz hätten, als andere Leute – bis Sie mich kennen lernten –«

»Das ist richtig,« sagte der junge Mann, mit einem Versuch, ihre Hand zu fassen.

»Und ich denke –« fuhr Rosi fort, wahrend sie errötete und – was sehr selten geschah – den Mund zum Lachen verzog, so daß eine Reihe kleiner, weißer Zähne sichtbar wurde. »Aber Sie wissen ja, was ich denke,« fuhr sie fort, indem sie ihren Arm sanft frei machte, und plötzlich großes Interesse an einigen am Wege wachsenden Blümchen zeigte. »Außerdem glaube ich nicht an diesen Schatz,« sagte sie plötzlich, offenbar in der Absicht, dem Gespräch eine andere Wendung zu geben. »Ich glaube nicht, daß er im Inneren des Schiffes versteckt ist.«

»Davon können wir uns ja jetzt leicht überzeugen,« gab Renshaw zur Antwort.

»Wie schade, daß Sie nicht schon früher nachgesehen haben – dadurch wäre uns viel Unruhe und unnützes Hin- und Herreden erspart worden.«

»Ich sagte Ihnen schon, warum ich die Nachsuchungen unterließ,« entgegnete Renshaw nicht ohne eine leise Bitterkeit. »Aber es scheint, daß ich nur die Wahl hatte, mich zum Schurken oder zum Narren zu machen.«

»Sie hatten niemals die Absicht, eine Schurke zu sein, und könnten sich nur zum Narren machen, wenn Sie auf das hörten, was ein thörichtes kleines Mädchen spricht. Ich wollte nur sagen, daß es besser gewesen wäre, wenn Sie mich ins Vertrauen gezogen hätten.«

»Könnte ich nicht dasselbe in Bezug auf Ihr Verhältnis zu dem alten Franzosen sagen?« erwiderte Renshaw. »Wie, wenn ich Ihnen nun gestehen müßte, daß ich wirklich geglaubt habe, er wisse um das Geheimnis des Pontiac, und hätte versucht, sich Ihres Beistandes zu versichern?« Anstatt diese Vermutung voll Entrüstung zurückzuweisen, zog Rosi – zum großen Mißvergnügen des jungen Mannes – nur die hübschen Augenbrauen zusammen und blieb für einige Sekunden still. Dann fragte sie schüchtern:

»Halten Sie es für unrecht, wenn man das Geheimnis eines anderen preisgibt, um ihn dadurch zu rechtfertigen und ihm zu nutzen?«

»Nein,« entgegnete Renshaw ohne einen Moment des Zögerns.

»Dann will ich Ihnen das Monsieur de Ferrières' verraten. Aber ich thue es nur, weil ich aus dem, was Sie soeben sagten, den Schluß ziehe, daß er doch vielleicht einiges Recht an den Schatz haben könnte.«

Und nun begann sie, ihm mit feuchten Augen und von Teilnahme bewegter Stimme zu erzählen, wie sie zufällig das Geheimnis der traurigen Lage de Ferrières' entdeckt hatte. Sie umkleidete das Ganze mit der unbewußten Poesie ihrer frischen, jungen Einbildungskraft, ging über die altmodische Galanterie und lächerliche Schwäche des Mannes leicht hinweg und legte das Gewicht allein auf seine einsamen Leiden und Entbehrungen, sowie auf das geheimnisvolle Unrecht, das man ihm zugefügt. Renshaw lauschte, halb in Beschämung über seinen Verdacht, halb in Bewunderung für ihr Zartgefühl versunken, bis sie die Andeutungen de Ferrières' in Bezug auf die Wichtigkeit der in dem Koffer enthaltenen Papiere erwähnte. »Ich glaube, einige davon waren gerichtliche Aktenstücke, und müßte mich sehr irren, wenn ich nicht auf dem einen das gedruckte Wort Callao gelesen hätte,« setzte sie hinzu.

»Das ist nicht unmöglich,« erwiderte Renshaw gedankenvoll. »Man hat den alten Franzosen hier immer für einen harmlosen Narren angesehen und sich wohl kaum um seinen Namen und noch weniger um seine Geschichte gekümmert. Aber würden wir nicht dennoch besser thun, festzustellen, ob der Schatz überhaupt vorhanden ist, ehe wir uns mit den etwaigen Ansprüchen an denselben beschäftigen?«

»Wie Sie wünschen,« gab Rosi mit einem leichten Anflug von Verstimmung zur Antwort. »Aber es wird leichter sein, de Ferrières aufzufinden, als den Schatz, denn was man nicht sucht, findet man ja immer leichter.«

»Das heißt, wenn man's nicht braucht,« sagte Rensham mit plötzlichem Ernste.

»Wie schön hier die Aussicht ist,« bemerkte Rosi, indem sie nach den gegenüberliegenden Bergen hinblickte.

»Sehr schön.«

Dabei hatten sie die Kante des Hügels erreicht und erblickten in geringer Entfernung vor sich die Schornsteine der Madroño Cottage. Bei diesem Anblick, der ihnen eigentlich nicht unerwartet kommen konnte, blieben beide – offenbar unangenehm überrascht – stehen. Rosi brach zuerst das verlegene Schweigen.

»Es gibt noch einen anderen Weg nach der Cottage,« sagte sie schüchtern, »aber es ist ein Umweg.«

»So lassen Sie uns diesen gehen,« rief Renshaw.

»Aber das Dampfboot geht um vier Uhr ab, und wir müssen beide noch diesen Nachmittag nach dem Pontiac zurückkehren,« bemerkte Rosi zögernd.

»Desto mehr haben wir Ursache, die uns noch vergönnte Zeit auszunutzen,« sagte Renshaw, mit einem schwachen Versuch, zu lachen, »Morgen kann alles anders sein, morgen sind Sie vielleicht schon eine reiche Erbin, Miß Nott. Morgen,« setzte er mit einem leichten Beben der Stimme hinzu, »ist mir Ihre Verzeihung vielleicht nur zu teil geworden, damit ich Ihnen für immer lebewohl sagen kann. Lassen Sie mich also diesen Sonnenschein und dies Zusammensein benutzen, um Ihnen zu sagen, was ich Ihnen morgen vielleicht nicht mehr sagen darf.«

Sie schwiegen einen Moment, dann betraten beide, wie von einem gemeinsamen Instinkt geleitet, den schmalen Pfad, der sich hier, kaum breit genug für zwei, von dem geraden Wege abzweigte. Derselbe erwies sich allerdings als ein Umweg und zwar als ein so bedeutender, daß er die Entfernung um mehr als das Doppelte verlängerte. Bald schien er sich gänzlich im Schatten eines Wäldchens von Weiden und Erdbeerbäumen zu verlieren, bald hörte er vor einem umgestürzten Baume so spurlos auf, daß den zweien nichts übrig blieb, als sich niederzusetzen, um zu überlegen, wie sie weiter kommen sollten; bald war er so rauh und uneben, daß sie sich gegenseitig Beistand leisten mußten, indem sie einander die Hände reichten und die Augen liehen, um ohne Gefahr die Hindernisse zu überwinden. Mit einem Worts, der Pfad war so unsicher und zweifelhaft, daß es vieler flüsternder Beratungen und manches gegenseitigen Nachgebens bedurfte, um ihn zu finden; dessenungeachtet aber kamen sie endlich auf diesem merkwürdigen Wege Hand in Hand glücklich und mit hoffnungsvollen Herzen vor dem Thore der Madroño Cottage an, und wenn sich hier fand, daß Rosi gerade nur noch Zeit hatte, ihre Sachen einzupacken, um nach dem Dampfboote zu eilen, so war eben nur dieser Umweg daran schuld. Ebenso war eine etwas zerzauste Locke Rosis und ein langes seidenweiches Haar, das an einem der Rockknöpfe Renshaws hing, seinen vielfachen Unebenheiten zuzuschreiben – und wenn im Tone ihrer Stimmen und im Glanze ihrer Augen etwas lag, das früher darin nicht bemerkbar gewesen war, so kam dies natürlich gleicherweise auf Rechnung der Gefahren des Pfades, den sie zusammen gegangen waren und ferner miteinander zu gehen gedachten.

Neuntes Kapitel.

Nachdem Mr. Nott sich von der Entfernung Renshaws überzeugt hatte, verriegelte er in aller Gemütsruhe die obere Thür der Kajütentreppe und schloß auf diese Weise die Verbindung zwischen der Außenwelt und dem Schiffsraum ab. Dann langte er eine Büchsflinte von dem Haken über seinem Lager herab, prüfte aufmerksam das Schloß und begab sich nun nach der vorhin vernagelten Luke, die er einer ebenso genauen Besichtigung unterwarf. Da er sie unberührt fand, ging er ruhig daran, sie mit Hilfe der noch umherliegenden Werkzeuge wieder gangbar zu machen, und als auch dies geschehen war, öffnete er den Deckel, zog sich um einige Schritte zurück und setzte sich mit der Büchse in der Hand nieder. Ringsum herrschte die tiefste Stille.

»Ihr da unten, Ihr könnt anjetzt 'rauf kommen!« sagte Nott.

Unten ließ sich ein leises Rascheln hören, das sich der Luke näherte, und plötzlich, mit einem einzigen Sprunge, schoß der Malaye daraus hervor. Aber in demselben Augenblicke lag Nott im Anschlage. Ein leichter Schatten von Täuschung und Ueberraschung war beim Anblick des farbigen Mannes über die Züge des alten Missouriers gehuscht und hatte seine kleinen runden Augen für einen Moment verdunkelt – aber sein Finger lag deshalb nicht weniger fest am Drücker seiner Flinte. der erschrockene Malaye fiel auf die Knie und erhob mit flehender Gebärde seine Hände.

»Für den Fall, daß Ihr 'nen Versuch machen solltet, zu entwischen, will ich Euch nur sagen, daß ich gewohnt bin, 'nen Indjaner auf zweihundert Yards zu treffen und daß der Raum hier nicht länger is, als fünfzig,« sagte Nott mit erkünstelter Sanftmut, »'s is 'ne unbequeme Gewohnheit, 'ne häßliche Gewohnheit – aber's is nu 'mal meine Gewohnheit. Und nu ich Euch das gesagt habe, könnt Ihr ja wohl ruhig da stehen bleiben, wo Ihr seid, und meine Frage beantworten. Wo is Ferrers?«

Selbst der wahnsinnige Schrecken, welcher sich in dem ganzen Wesen des farbigen Mannes aussprach, ließ sein Erstaunen bei dieser Frage deutlich durchblitzen.

»Ferrers,« keuchte er. »Kenne ihn nicht – bei Gott im Himmel, Boß.«

»Dann kennt Ihr also auch selbigten Mann nich, der vergangene Nacht durch der Pforte in dem Verschlage dort 'reinkam?« fragte Nott mit unbeschreiblich schlauem Ausdruck. »Habt vielleicht niemals nich 'nen Franzosen mit 'nem gefärbten Schnurrbarte gesehen? Dachte mir schon, daß es auf so 'ner Ausrede 'naus laufen würde,« fuhr er fort, als der Malaye, dem plötzlich klar wurde, daß das Gespenst, welches er in der Thüröffnung erblickt hatte, ein Mensch von Fleisch und Bein gewesen war, in die Höhe fuhr. »Seid vielleicht vergangner Nacht gar nich mit 'm zusammen hier eingebrochen, um meine Rosi zu entführen? Kennt vielleicht Rosi gar nich? Wißt auch nich, daß Ferrers ihr heiraten will und dieserhalben um dem Schiffe 'rumstreicht, seitdem daß ich 'm 'nausbugsiert habe – wie?«

Der Malaye vermochte kaum, die sich ihm aufdrängende Ueberzeugung zu fassen, daß der alte Mann von seiner eigentlichen Absicht, ihm den Schatz zu stehlen, keine Ahnung hatte; war aber ebensowenig imstande, sich einen Begriff von der Strafbarkeit des anderen ihm zur Last gelegten Verbrechens zu machen, und begnügte sich deshalb, mit gerungenen Händen zu stammeln: »Gnade, Gnade!«

»Schätze aber,« fuhr Nott bedächtig fort, »das Fell 'nes schwarzen Chinesers wird nich mehr gelten, als das 'ner toten Rothaut, und dieserhalben, und weil ich weiß, daß Ihr nich der Rädelsführer seid, soll's mir ja wohl nich drauf ankommen, Euch laufen zu lassen. Wenn ich's aber thue, so sollt Ihr 'ne Botschaft von mir an Mr. Ferrers bestellen.« »Lassen Sie mich laufen, Boß, und ich schwöre Ihnen bei Gott, daß ich alles thun will, was Sie fordern!« rief der Malaye eifrig.

»Ihr könnt also Ferrers sagen – na laß mich 'mal sehen –« fuhr Nott bedächtig fort, indem er sich auf seine Flinte stützte, »Ihr könnt 'm sagen – Ferrers könnt Ihr sagen, der alte Mann läßt Ihnen sagen, Sie hätten, ehe daß Sie aus 'm Schiffe fortgingen, gesagt: ›Ich nehme meiner Ehre mit mir‹ – Habt Ihr das richtig verstanden?« unterbrach sich Nott plötzlich.

»Ja, Boß.«

»Sagt 'm also, daß er sagte: ›Ich nehme meiner Ehre mit mir‹«, wiederholte Nott langsam. »Und hernach sagt 'm, der alte Mann ließe 'm sagen, seine Ehre wäre hier wieder hergekommen und ich schickte sie 'm hiermit zurück. Und hernach sagt 'm noch, wenn er sich noch 'mal hierher verliefe, so könnte 's kommen, daß ich 'm wegputzte wie 'n Licht! Habt Ihr das alles richtig verstanden?«

»Ja!« stammelte der verdutzte Malaye.

»Na, so nehmt die Beine auf die Achsel!«

Der farbige Mann sprang mit der Elasticität eines Panthers auf die Füße, schwang sich mit einem Satze zu der Kabelgatsluke empor und verschwand über die Balustrade hinab, so ohne alles Zögern und Ueberlegen, daß man sah, wie genau er bereits jede Möglichkeit des Entwischens geprüft und ins Auge gefaßt hatte. Leicht an der Schiffswand hinab gleitend erreichte er den Boden, schoß in großen Sätzen davon und hemmte seine Flucht nicht eher, als bis er in Mr. Sleights Privatkabinett angekommen war.

Als Mr. Renshaw und Rosi Nott am Abend auf dem Pontiac eintrafen, fanden sie zu ihrem Erstaunen den Gang vor der Kabine mit Koffern und Kisten beinahe gesperrt und bemerkten ringsum alle Vorbereitungen zu einem Umzuge und Wohnungswechsel. Mr. Nott, welcher die Arbeit der beiden damit beschäftigten Chinesen überwachte, verriet ebensowenig die geringste Ueberraschung beim Erscheinen der jungen Leute, wie er ihr Erstaunen über seine Beschäftigung zu bemerken schien.

»Schätze, 's wird gut sein, wenn du nach deinen Sachen siehst,« sagte er ganz beiläufig zu seiner Tochter. »Ich habe sie bis zuletzt gelassen. Vielleicht hat Mr. Renshaw nichts nich dagegen, sich mit dir hier auf den Kasten zu setzen, bis ich diesen Koffer zugeschnürt habe.«

»Aber was soll das alles heißen, Vater?« rief Rosi, indem sie den alten Mann an den Aermeln seiner Matrosenjacke faßte. »Was, um's Himmels willen, hast du vor?«

»Brechen die Zelte ab, liebe Rosi, brechen ja wohl wieder 'mal unsere Zelte ab, genau so, wie in früheren Zeiten, Rosi. Gott im Himmel, besinnst du dich noch, Rosi?« fuhr er fort, indem er sich in seine Erinnerungen versenkte, als sei der Strick in seiner Hand der

Ariadnefaden, welcher ihn in die Vergangenheit zurück führte, »Besinnst du dich noch, wie wir damals aus 'm Liverpoolpasse 'raus kamen, und da auf 'nmal die ganze Küste von Kalfornjen vor uns liegen sahen? Aber erschrick nur nich, Rosi,« setzte er hinzu, als er ihre Bestürzung bemerkte. »Erschrick nur nich – ich führe dich nich wieder 'naus in der Wüste, sondern aber habe anjetzt die alte Madroño Cottage von Peters gemietet, allwo wir bleiben können, bis wir uns nach was anderem umgesehen haben.«

»Aber du willst doch nicht das Schiff verlassen, Vater? Du hast es doch nicht etwa an Mr. Sleight verkauft?« rief Rosi heftig.

Mr. Nott stand auf und schloß die Thür der Kabine mit großer Bedächtigkeit und Sorgfalt. Dann zog er eine ungeheure Brieftafel aus seiner Rocktasche.

»'s is doch erstaunlich, wie du den Namen gleich so auf 'n ersten Ruck 'raus hast, Rosi,« sagte er verwundert. »Natürlich is es Sleight. Und da is die Anweisung auf der Bank« setzte er hinzu, indem er ein Papier aus der Tiefe seiner Brieftafel herausholte. »Da is die Anweisung auf die fünfundzwanzigtausend Dollar, welche wir ja wohl einkassiert haben werden, ehe noch zwei Stunden ins Land gegangen sind.

»Aber,« rief Renshaw wütend aufspringend, »Sie sind beschwindelt, beraubt, betrogen!«

»Junger Mann,« sagte Nott, indem er Renshaw mit einer gewissen Würde die Hand auf die Schulter legte, »ich habe das Schiff, wie's da geht und steht, vor fünf Jahren vor achttausend Dollar erstanden, und wenn ich nu die Kosten vor der Einrichtung kalkeliere, und auf der anderen Seite das, was es mir bis anjetzt eingebracht hat, so mochte ich ja wohl 'nen reinen Profit von fünfzehntausend Dollar als 'nen ganz hübschen Schwindel ansehen.«

»Sagen Sie ihm alles,« rief Rosi mehr durch Renshaws verzweifelte Miene als durch die Neuigkeit selbst beunruhigt.

»Sagen Sie ihm alles, Dick – Mr. Renshaw. Vielleicht ist's noch nicht zu spät.«

Mit fliegenden Worten und einer von leidenschaftlicher Entrüstung halb erstickten Stimme wiederholte Renshaw die Geschichte von dem versteckten Schatze und dem Komplotte, das man geschmiedet hatte, um ihn zu heben, wobei ihm Rosi mit ihrem vortrefflichen Gedächtnisse und hin und wieder mit einer taktvoll eingeschalteten Erläuterung sehr glücklich zu Hilfe kam. Zu ihrer Verwunderung schien die Sache indessen auf Abner Nott nicht den geringsten Eindruck zu machen. Seine Miene blieb unverändert ruhig und nur ein milder Schimmer nachsichtiger, väterlicher Geduld mit den Thorheiten und Einbildungen der jungen Leute dämmerte in seinen kleinen runden Augen empor.

»Wenn irgend 'n Gegenstand hier im Schiffe wäre, nur 'ne Planke oder 'n Bolzen, welchen selbigten ich nich untern Händen gehabt, oder 'n Winkel, in den ich nich mit meinen eigenen Augen 'neingeguckt hätte, so könnte ja wohl 'was Wahres an der Geschichte sein,« entgegnete er bedächtig. »Bin zwar kein Seemann nich, wie Sie, Renshaw, kenne aber meinen Pontiac wie 'n Junge seine erste Hosentasche, oder aber wie 'ne Mutter ihr Kind, und schätze, 's is kein Schatz nich hier – 's müßte denn sein, daß die Kerle in voriger Nacht etwa einen 'rein getragen hätten.«

»Aber begreifen Sie denn nicht!« rief Renshaw ungeduldig. »Würde Ihnen denn Sleight dreimal so viel für das Schiff geben, als es wert ist, wenn er seiner Sache nicht sicher wäre? Und diese sichere Kunde verdankt er dem Schurken, welcher vergangene Nacht hier gewesen ist. Ohne Zweifel war es der Malaye!«

»Trifft zu,« erwiderte Nott nachdenklich, »'s war der Schwarze – und da drin könnte ja wohl 'was liegen. Der Schwarze, welchen selbigten ich vergangene Nacht hier einnagelte, ohne daß Sie was wußten, Mr. Renshaw, und den ich diesen Morgen wieder 'rausließ.«

»Damit er zu Sleight laufen und ihm mitteilen konnte, was er auskundschaftet hatte!« rief Renshaw, den die Dummheit Notts fast krank machte.

»Ich gab 'm 'ne Botschaft vor dem Manne mit, von welchem selbigten er kam,« gab Nott zur Antwort, während er Renshaw mit beiden Augen zublinzelte und ihm hinter dem Rücken seiner Tochter allerlei Zeichen machte.

»Warum sehen wir uns nicht vor allem da um, wo er eingesperrt war?« sagte Rosi, welche die ärgerliche Aufregung des Geliebten bemerkte, und mehr darauf bedacht war, ihn zu beruhigen, als daß sie ihrem Vorschlage großen Wert beigemessen hätte. »Vielleicht hat er Spuren seiner Nachforschungen hinterlassen.« Die beiden Männer blickten einander an.

»In Anbetracht, daß ich den Pontiac an Sleight verkauft habe, wie er geht und steht, weiß ich ja wohl nich, ob dieses ganz und gar in der Ordnung wäre,« sagte Nott in zweifelhaftem Tone.

»Das Recht haben Sie wenigstens, zu sehen, was Sie ihm eigentlich überliefern,« fiel ihm Renshaw ins Wort. »Bringen Sie eine Laterne herbei.«

In Begleitung Rosis begaben sich die beiden Männer jetzt so schnell sie konnten nach dem unteren Deck, wo die zu dem vorderen Räume führende Luke noch offen stand. Renshaw und Nott ließen zuerst sich und die Laterne hinab und waren dann Rosi beim Hinuntersteigen behilflich, Renshaw that einen Schritt vorwärts und stieß einen Schrei aus.

Das Licht der Laterne fiel zwischen die Schiffsrippen, und obgleich der Malaye seine unfreiwillige Muße benutzt hatte, um die Geldkistchen an ihren früheren Platz zu bringen und die abgerissenen Bretter wieder zu befestigen, so war ihm das doch nicht vollständig gelungen. Renshaws scharfes Auge hatte den Schaden sofort entdeckt, einen Moment später hatte er die Planken von neuem abgerissen, und die von dem Malayen geöffnete, ebenfalls nur unvollkommen wieder geschlossene Kiste fiel ihm entgegen, während sich ein Teil ihres klingenden Inhalts über den Boden verstreute. Rosi wurde blaß, Renshaws Augen sprühten Feuer – nur Abner Nott blieb ruhig und unbewegt.

»Sind Sie jetzt überzeugt, daß man Sie betrogen und beschwindelt hat?« rief Renshaw leidenschaftlich.

Zur Verwunderung der beiden jungen Leute bückte sich Nott mit dem größten Phlegma, nahm eine der Münzen vom Boden auf und reichte sie Renshaw.

»Sie glauben ja wohl nich, daß Sie da Geld in der Hand haben,« sagte er. »Fühlen Sie's nur an, beißen Sie 'nein, kratzen Sie 'n bißchen mit 'm Messer dran und vergleichen Sie's hernach 'mal mit anderem Gelde.«

»Was wollen Sie damit sagen?« rief Renshaw.

»Ich will damit sagen, daß alle Münzen hier in der Kiste, und auch die in den anderen Kisten – 's stehen an die vierzig Stück da drin – nachgemacht sind, daß es falsches Geld is.« Die Münze fiel dem jungen Manne aus der Hand. Der bleierne Ton, mit dem sie ein anderes auf dem Boden liegendes Geldstück berührte, klang allerdings verdächtig.

»'s sind falsche Münzen, die der geriebene Holländer, welchem selbigten sie gehörten, mitgenommen hatte, um mit den Indianern und Kannibalen und denen Heiden in der Südsee Handel zu treiben. Schätze, die Dinger würden vor sie denselbigten Wert gehabt haben, wie die Knöpfe, welche denen Missionären gewöhnlich in der Sammelbüchse gesteckt werden, und kosten, außer der Fracht, ja wohl nich viel. Ich fand ihn zwischen den Schiffsrippen versteckt, als ich den Pontiac gekauft hatte, und nagelte ihnen ein, damit sie nich in unrechte Hände geraten sollten. Und nu is es ja wohl 'n wahres Glück, daß sie in die 'nes rechtlichen und gewissenhaften Mannes kommen, wie Sleight einer is. Nich wahr?«

Dabei richtete Nott seine kleinen ehrlichen Augen mit dem Ausdrucke so kindlicher Einfalt auf den jungen Mann, daß dieser in einem krampfhaften Gelächter, in welches er eben ausbrechen wollte, stecken blieb.

»Wußte außer Ihnen jemand um die Sache?« fragte er den alten Missourier.

»Schätze, daß dieses nich der Fall war,« entgegnete Nott. »Ich hatte wohl 'mal Verdacht gegen den alten Kaptän Bowler, welcher selbigter mir hier um den Raum 'rum spijonierte. Aber als er ja wohl anfing, Fragen zu thun, that ich andere Fragen. Na, du kennst ja meiner Manier, Rosi? Nu wollen wir aber wieder 'nauf klettern.«

Dabei ging er stumm nach der Kabine voran. Die jungen Leute folgten ihm. Als sich Nott in dem Hauptgange umblickte, gewahrte er, daß Renshaw den Arm um die Taille Rosis geschlungen hatte – aber er machte keine Bemerkung, bis sie die Kajüte erreicht hatten.

Hier angekommen, schloß er mit vorsichtiger Hand die Thür und sagte, indem er beide liebevoll aber mit unsäglich schlauem Blicke ansah:

»Rosi, wenn's dazu nich schon zu spät is, kannst du diesem selbigten jungen Mann hier sagen, ich wäre 'm nich böse drum, daß er den wirklichen, *richtigen Schatz* auf 'm Pontiac entdeckt hat.«

*

Etwa achtzehn Monate später trat Nott eines Morgens in der Madroño Cottage in das Zimmer seines Schwiegersohnes und zog ihn nach seiner früheren geheimnisvollen Weise beiseite.

»Na, anjetzt, wo's Rosi nich mehr so angelegentlich betreibt, zu erfahren, was aus Ferrers geworden is, kann ich's ja wohl sagen,« begann er flüsternd. »Habe vor etwa 'nem Jahre gehört, daß er in Sacramento plötzlich verstorben is. In seinen Papieren haben sie gefunden, daß er verrückt war, und daß er behauptet hat, er wäre mit jemand vom Pontiac verwandt. Zum Glück sind die Zeitungsschreiber nich dahinter gekommen, wie die Geschichte eigentlich zusammenhängt, daß er sich's nämlich in dem Kopfe gesetzt hatte, meiner Rosi zu heiraten.«

Über tredition

Eigenes Buch veröffentlichen

tredition wurde 2006 in Hamburg gegründet und hat seither mehrere tausend Buchtitel veröffentlicht. Autoren veröffentlichen in wenigen leichten Schritten gedruckte Bücher, e-Books und audio-Books. tredition hat das Ziel, die beste und fairste Veröffentlichungsmöglichkeit für Autoren zu bieten.

tredition wurde mit der Erkenntnis gegründet, dass nur etwa jedes 200. bei Verlagen eingereichte Manuskript veröffentlicht wird. Dabei hat jedes Buch seinen Markt, also seine Leser. tredition sorgt dafür, dass für jedes Buch die Leserschaft auch erreicht wird.

Im einzigartigen Literatur-Netzwerk von tredition bieten zahlreiche Literatur-Partner (das sind Lektoren, Übersetzer, Hörbuchsprecher und Illustratoren) ihre Dienstleistung an, um Manuskripte zu verbessern oder die Vielfalt zu erhöhen. Autoren vereinbaren direkt mit den Literatur-Partnern die Konditionen ihrer Zusammenarbeit und partizipieren gemeinsam am Erfolg des Buches.

Das gesamte Verlagsprogramm von tredition ist bei allen stationären Buchhandlungen und Online-Buchhändlern wie z. B. Amazon erhältlich. e-Books stehen bei den führenden Online-Portalen (z. B. iBookstore von Apple oder Kindle von Amazon) zum Verkauf.

Einfach leicht ein Buch veröffentlichen: **www.tredition.de**

Eigene Buchreihe oder eigenen Verlag gründen

Seit 2009 bietet tredition sein Verlagskonzept auch als sogenanntes "White-Label" an. Das bedeutet, dass andere Unternehmen, Institutionen und Personen risikofrei und unkompliziert selbst zum Herausgeber von Büchern und Buchreihen unter eigener Marke werden können. tredition übernimmt dabei das komplette Herstellungs- und Distributionsrisiko.

Zahlreiche Zeitschriften-, Zeitungs- und Buchverlage, Universitäten, Forschungseinrichtungen u.v.m. nutzen diese Dienstleistung von tredition, um unter eigener Marke ohne Risiko Bücher zu verlegen.

Alle Informationen im Internet: **www.tredition.de/fuer-verlage**

tredition wurde mit mehreren Innovationspreisen ausgezeichnet, u. a. mit dem Webfuture Award und dem Innovationspreis der Buch Digitale.

tredition ist Mitglied im Börsenverein des Deutschen Buchhandels.

Dieses Werk elektronisch lesen

Dieses Werk ist Teil der Gutenberg-DE Edition DVD. Diese enthält das komplette Archiv des Projekt Gutenberg-DE. Die DVD ist im Internet erhältlich auf **http://gutenbergshop.abc.de**

FSC
www.fsc.org
MIX
Papier | Fördert
gute Waldnutzung
FSC® C083411

Zeitfracht Medien GmbH
Ferdinand-Jühlke-Straße 7
99095 Erfurt, Deutschland
produktsicherheit@kolibri360.de